Esquema

Jessé Andarilho

Esquema

Copyright © 2025 by Jessé da Silva Dantas

Grafia atualizada segundo o Acordo Ortográfico da Língua Portuguesa de 1990, que entrou em vigor no Brasil em 2009.

Capa
Alceu Chiesorin Nunes

Imagem de capa
Vai, cria?, 2020, da série 13urla, de André de Moura. Técnica mista sobre tela, 200 × 157 cm. Coleção particular.

Preparação
Silvia Massimini Felix

Revisão
Érika Nogueira Vieira
Angela das Neves

Os personagens e as situações desta obra são reais apenas no universo da ficção; não se referem a pessoas e fatos concretos, e não emitem opinião sobre eles.

Dados Internacionais de Catalogação na Publicação (CIP)
(Câmara Brasileira do Livro, SP, Brasil)

    Andarilho, Jessé
        Esquema / Jessé Andarilho. — 1ª ed. — Rio de Janeiro : Alfaguara, 2025.

    ISBN 978-85-5652-271-9

    1. Ficção brasileira I. Título.

25-247432   CDD-B869.3

Índice para catálogo sistemático:
1. Ficção : Literatura brasileira   B869.3
Cibele Maria Dias – Bibliotecária – CRB-8/9427

Todos os direitos desta edição reservados à
EDITORA SCHWARCZ S.A.
Praça Floriano, 19, sala 3001 — Cinelândia
20031-050 — Rio de Janeiro — RJ
Telefone: (21) 3993-7510
www.companhiadasletras.com.br
www.blogdacompanhia.com.br
facebook.com/editora.alfaguara
instagram.com/editora_alfaguara
x.com/alfaguara_br

Esquema

1

Se apanhar dos pais resolvesse alguma coisa, Daniel nunca mais ia roubar na vida. Nem bem tinha completado dez anos, já era sempre escalado pra ir ao mercado com a mãe, dona Dorinha, e pilotar o carrinho. Essa parte até que era legal. Sempre na missão de desviar das pessoas e ficar por perto quando ela pegava uma mercadoria. Numa dessas vezes, ele tinha acabado de ganhar do pai, seu Ricardo, um carrinho de controle remoto do tipo que causa inveja em todos os garotos do bairro, sabe? Ninguém tinha um carrinho daqueles. Ele corria, acendia um monte de luzes, virava robô, dava cambalhota, soltava fogos, ia comprar pão, fazia pipoca e ainda falava umas coisas em chinês.

 O carrinho veio de uma transação que o pai fez quando vendeu um passarinho. Levou também um cordão de prata e mais um dinheiro que usou pra tomar umas cervejas com os amigos. A única coisa ruim no carrinho eram as pilhas. O brinquedo só aceitava as grandes, alcalinas, e todo mundo sabe que só de olhar o preço desse tipo de pilha dá uma dor no coração.

 Naquele dia, assim que dona Dorinha pegou o último produto da lista de compras, os dois foram pra fila. Daniel ficou em uma e ela em outra pra ver qual das duas andava mais rápido. Na hora de passar pelo caixa, a mãe foi na frente pra ir ensacando tudo enquanto Daniel colocava as mercadorias na esteira. Foi nesse momento que a tentação falou mais alto. Já reparou que o pessoal do mercado, pra instigar o povo, deixa bem ali na frente, só de sacanagem, junto com umas barras de chocolate e pacotes de bala, um monte de pilhas? O carrinho do Daniel já tinha descarregado e as pilhas perfeitas estavam bem ali, pedindo pra serem levadas. Mas com dona Dorinha não ia ter papo, nunca que ela ia levar um produto que não estivesse na lista.

O jeito que Daniel arrumou foi disfarçadamente dar o bote. Enfiou o pacote com oito pilhas dentro das calças e fingiu que não era nada. Continuou colocando as mercadorias na esteira enquanto a caixa ia passando tudo pelo leitor de código de barras. Quando a mãe abriu a bolsa pra pegar o dinheiro e pagar, um segurança parou bem do lado dela.

"A senhora já passou tudo?"

Dona Dorinha olhou para o carrinho vazio, deu uma analisada na cara do Daniel e respondeu, sem tirar os olhos do filho.

"Já passei tudo, sim. Tá me perguntando isso por quê?"

"Seu filho não terminou de colocar tudo na esteira ainda não. Tem produto do mercado com ele."

"O que ele tá falando, Daniel?", sussurrou dona Dorinha, se aproximando do menino.

"Não sei, mãe. Pergunta pra ele!"

O segurança ficou tão nervoso que, ignorando dona Dorinha, entrou no corredor estreito do caixa e puxou a calça do Daniel até embaixo. O pacote de pilhas caiu no chão, fazendo um barulho fora do normal.

Dona Dorinha não tinha onde enfiar a cara, mas teve onde enfiar a mão. O tapa foi tão forte que até a operadora do caixa sugeriu deixar pra lá. O segurança tentou barrá-la, mas nem das compras ela quis saber mais. Largou tudo pra trás e foi carregando Daniel pelas orelhas.

"Você comeu merda? Tá maluco? Não criei filho pra isso. Já ficam olhando pra gente em tudo quanto é lugar, e você me apronta uma dessas? Vai ficar um mês trancado lendo um livro!"

Daniel ficou vermelho de tanta chinelada que tomou. Levou porrada até na cara, que era um lugar onde a mãe nunca tinha batido. Daquela vez a coça foi completa: até vassourada na cabeça entrou no combo. O carrinho de controle remoto virou farelo, dona Dorinha tacou na parede e, por pouco, não acertou a cabeça do seu Ricardo, que estava chegando em casa com outro passarinho que tinha capturado no morro do Sete de Abril.

"Tá doida, mulher, quer me matar? O que foi que o Daniel aprontou agora pra você ficar assim?"

"Ele tá dando pra roubar agora, você sabia?"

Seu Ricardo só encarou Daniel.

"Respira, Dora. Assim você vai passar mal. O que foi que ele roubou?"

"Não interessa! A culpa é tua. Fica dando essas porcarias pra esse filho da puta e ele tá ficando igualzinho a você."

Daniel ficou de castigo e nunca mais foi convocado pra ir ao mercado. Mas não ficou na molezinha, agora a missão era aprender a cozinhar o básico, fazer café, lavar a louça, arrumar a casa, estender a roupa.

No fim, Daniel até que ficou feliz com o castigo. Odiava sair do mercado cheio de sacola pesada, maior vergonha na hora de pegar a Kombi. Ele queria voltar no carro do frete, mas a mãe achava um absurdo o valor dos táxis piratas que faziam o transporte nas portas dos mercados. E naquela época não tinha Uber, né? A vontade do Daniel era enfiar a cara dentro das sacolas quando as meninas do bairro ou os amigos passavam por ele. Outra coisa que não suportava era usar roupa social toda vez que ia sair de casa. Daniel queria se vestir igual à galera do bairro, mas dona Dorinha dizia que jovem de pele escura tem que usar roupa bonita pra não ser confundido com bandido. "Andar de roupa social ainda vai salvar tua vida!", ela dizia. Nada de tênis e bermuda. Tinha que ser calça comprida, camisa de botão e sapato social. Tipo crente da "igreja do roupão". E isso lhe rendeu o apelido de Pastor.

Com o pai era diferente. Seu Ricardo era conhecido como o Rei das Tacadas. A fama de jogador ia longe e Daniel vivia se aproveitando desse sucesso pra pedir um trocado para os parceiros do coroa. Ele adorava beber guaraná de garrafa enquanto esperava o pai jogar sinuca e tomar cerveja com os amigos nos bares da redondeza. Pedia um copo igual ao do seu Ricardo e fingia que era cerveja. Até brindava com a garrafa e jogava um gole pro santo, o que todo mundo achava graça.

Seu pai vivia fazendo biscates no bairro, era o famoso faz-tudo. Às vezes, Daniel ajudava em alguns trabalhos, que era um jeito que seu Ricardo tinha encontrado de fortalecer uma grana para o filho. Com dona Dorinha o garoto não tinha vida boa, ela vivia reclamando que ele não queria nada com nada.

Seu Ricardo sempre andava com uma gaiola de passarinho na mão, uma toalha de rosto pendurada no ombro e um chapéu-panamá. Dava pra reconhecer ele de longe, ainda mais com aquele andar gingado igual ao de um ganso. Diziam as más-línguas que ele era bem mulherengo e que só deu uma sossegada depois de conhecer Dorinha.

Quando fazia rolo com seus passarinhos na feira ou nas badernas, como são chamados os encontros de cuidadores de pássaros, seu Ricardo chegava em casa todo bobo. Uma vez ele trocou um canário-belga que tinha comprado a preço de banana por um Chevette Junior novinho. A família passou a ir pra praia todo fim de semana de carro, e a vida ficou bem melhor. A tarefa de lavar o Chevette era do Daniel, que sentava no banco do motorista e ficava fingindo que era o Ayrton Senna do Brasiiiiil!

Dorinha era uma dona de casa bem caprichosa. As pessoas pensam que quem cuida da casa não trabalha, né? Mas aí ela teve que ficar como acompanhante da mãe no hospital, e Daniel e seu Ricardo viram que trabalho de casa não é nada fácil.

"Liga pra mãe e pede pra ela voltar logo, pai! Quando eu acabo de lavar a louça do café já tenho que preparar as coisas pro almoço. E ainda tem casa pra varrer e passar pano. Fiquei o fim de semana todinho aqui dentro trabalhando e a casa continua bagunçada."

"Se fode aí, ladrão de pilha. Quem mandou dar mole de ser pego pela tua mãe? Agora cuida da casa direitinho, senão ela vai te arrebentar todo quando chegar do hospital."

Daniel ficou uma fera.

"Caramba, pai, fui lavar tuas camisas de botão e fiquei quase uma hora esfregando na parte do sovaco. Depois a mulher do comercial diz que se sujar faz bem. Bem pra eles, que vendem o sabão…"

"Se quiser trocar comigo eu topo, você arruma um trabalho pra pôr comida dentro dessa casa e eu fico aqui, de vida boa, trancado no quarto jogando video game e batendo punheta."

Daniel fez cara de quem não tinha entendido e continuou a trabalhar resmungando, puto da vida.

2

Depois daquele fim de semana agitado com as tarefas domésticas, Daniel foi pra escola cabisbaixo. Já chegou levando bronca da inspetora, que nem quis saber das desculpas pelo atraso. Ele ficou encarando o chão enquanto ouvia, e foi quando viu um estojo caído do lado de dentro do portão. Se abaixou, fingiu que ia amarrar o cadarço do sapato, pegou o estojo e saiu de fininho, direto para o banheiro. Se trancou numa das cabines e foi ver se tinha dinheiro ou alguma coisa de valor lá dentro. Mas só tinha umas canetas, um absorvente, que ele logo jogou na privada, e um carimbo. Ele se ligou na mesma hora que o estojo era da própria inspetora, e o carimbo era justo aquele que ela usava pra confirmar se os alunos tinham comparecido ou não às aulas, entendeu? Aquilo ali valia ouro. Daniel nem pensou duas vezes. Já no dia seguinte, carimbou a própria carteirinha e faltou aula pra ficar jogando fliperama na barraca do Dudu. E logo viu que podia lucrar mais, não só matar aula. Então, se algum amigo queria faltar, era só pagar uma pequena taxa ao Daniel pra ter o benefício do "compareceu" sem ter comparecido.

O Juninho era a pessoa que mais usava as carimbadas. Ele era meio tímido e não desgrudava do Daniel desde um episódio em que quase tinha perdido o lanche para os garotos do ensino médio da turma 1004. Na ocasião, e por conta do Daniel, foi salvo pelos garotos da 701, que era a turma mais sinistra do Brizolão. Enquanto Daniel tentava desenrolar, o RD já chegou dando uma voadora. E depois disso cadeiras começaram a voar para todos os lados.

O porradeiro da 701 foi ficando bem conhecido no bairro, inclusive. A verdade é que tudo era motivo pra começar uma briga entre as duas turmas, separadas apenas por uma pequena grade e um portão frágil que sempre amanhecia com o cadeado arrombado. Mas aí os culpados não eram os alunos. Eram os moradores mesmo, porque quem vivia numa parte da rua usava a escola como passagem para o outro lado, no bairro de Paciência. Sem falar da piscina olímpica, que era da escola, mas acabou sendo tomada pela galera do bairro. No fim de semana, o Brizolão parecia até o Piscinão de Ramos, tá ligado? No início, a direção tentou proibir, chamou a polícia, a milícia, contratou segurança, mas o máximo que conseguiu foi desativar a piscina, e ainda assim os moradores sempre conseguiam arrumar um jeito de invadir e encher a piscina na sexta à noite para o final de semana.

Daniel continuava fazendo dinheiro, cobrando dois reais por carimbada. Pode parecer pouco, mas naquela época dava pra comprar quatro créditos de fliperama. E de tanto jogar, Daniel descobriu um jeito de colocar créditos nas máquinas de graça. Ele desencapava o fio de trás do aparelho com uma gilete, raspava até chegar na parte de cobre, depois encostava um fio no outro. Com isso, a máquina gerava créditos cada vez que ele conectava as duas partes do fio.

Depois daquilo, ele nunca mais precisou pedir dinheiro para os amigos do seu Ricardo na sinuca nem amassar as panelas de alumínio da mãe pra depois vender no ferro-velho e ter grana para suas atividades eletrônicas. Em pouco tempo, Daniel passou a comercializar os créditos que conseguia colocar nas máquinas. O fliperama próximo à escola e o da loja do Dudu, perto de casa, ficaram pequenos para ele e os amigos mais chegados. A solução foi sair do bairro e usar suas artimanhas nas regiões vizinhas. Como ele andava sempre bem-vestido e era um menino bem-educado, os donos dos estabelecimentos nunca desconfiaram dele.

Usando o uniforme escolar pra não pagar passagem e com a carteirinha devidamente carimbada, Daniel tirava um dia da semana pra matar aula e sair por aí enchendo as máquinas de créditos, que vendia escondido para os outros garotos. Numa semana ele faltava às aulas da segunda, na outra às da terça, e assim por diante. Foi nessas andanças que ele ficou amigo da galera do conjunto Cesarinho, que organizava campeonatos de fliperama no bairro. Quem perdia tinha que pagar as fichas ou comprar ingressos pra todo mundo do baile de domingo do Grêmio de Paciência.

Daniel nem podia andar com o pessoal do Cesarinho, porque existia uma rivalidade imensa criada nos bailes funks de corredor entre o lado A e o lado B. A cidade era dividida assim, mas não tinha uma explicação lógica pra definir quem ia parar no A ou no B, era questão de afinidade. E aquelas brigas sempre acabavam nas ruas, então todo jovem que não era da área acabava abordado com a famosa pergunta "Tu mora onde?". Mas nos fliperamas não existia essa rivalidade. Se você fosse bom nos jogos, podia até ser alemão que não tinha problema nenhum, entendeu?

Exemplo vivo disso era um tal de Maximiliano. O cara era conhecido em todos os bairros da Zona Oeste porque era muito bom na maioria dos jogos. Ele já tinha morado em Antares, Sepetiba e agora vivia no Gouveia, mas ninguém se importava com o CEP dele, de tão bem que jogava. Uma vez, Max viu Daniel fazendo o esquema de colocar créditos na máquina e não acreditou.

"Como você faz isso, menor?"

"Isso o quê?"

"Eu te vi mexendo atrás da máquina e os créditos pipocando na tela. Não sou bobo. Já fiz muito isso na época das fichas."

"E como você fazia na época das fichas?"

Daniel só fez a pergunta pra tentar mudar de assunto, não queria ensinar o esquema para ninguém.

"A gente fazia um furo na ficha e amarrava uma linha bem fina nela. Depois era só enfiar no buraco bem devagar e ficar pescando."

"Pescando? Hahaha. Mas a ficha saía lá de dentro?"

"Não, cara. Ela não precisava sair. Era só puxar forte e deixar ela bater lá no fundo de novo que os créditos entravam igual quando você mexeu atrás da máquina. Agora para de enrolar e me conta. Pode ficar tranquilo que não vou explanar pra ninguém não, menor."

"Posso até te contar, mas tu vai ter que pagar uma Coca-Cola pra gente antes."

"Conta logo, pô. Depois a gente toma a Coca."

"Toma não, bebe."

"Para de gracinha e me fala logo como tu fez aquilo."

Daniel viu que não dava pra enrolar o cara e foi obrigado a contar. A Coca-Cola não saiu até hoje, né? Mas o Max ensinou pra ele vários macetes de jogos tipo Mortal Kombat, Street Fighter e The King of Fighters.

3

Quanto mais gente Daniel conhecia, menos ia para a escola. Quando completou dezesseis anos, o pai deixou que ele fosse pela primeira vez ao baile do Grêmio de Paciência. Foi com Bebeto, um dos caras do Cesarinho que tinha conhecido no fliperama. O cara era muito respeitado nos corredores dos bailes, junto com seu irmão Tuta, mas no baile do Grêmio não tinha briga, sabe? Era só muito som, dança e azaração.

Assim que chegaram no clube, todo mundo ficou olhando para eles, pelo menos foi a impressão do Daniel. Então ele estufou o peito magrelo e fez cara de mau enquanto era revistado pelo segurança na entrada do baile. Ao som de Claudinho e Buchecha, Daniel encontrou uns colegas da escola e tirou onda exibindo seu novo amigo, mas não meteu marra com eles, só mostrou que estava bem acompanhado com um cara mais velho e famoso na área.

Era muito bom poder ir aos bailes com os mais velhos, as garotas ficavam de olho neles no salão. O chato era que Daniel nem sempre tinha grana para os ingressos, mas isso não chegava a ser um impedimento, pois ele conseguia arrumar uma forma de entrar no clube. Uma das estratégias era ficar bem perto da bilheteria, esperar a fila andar e dizer para as pessoas conhecidas que faltava só um real pra inteirar o valor do ingresso. E como de grão em grão a galinha enche o papo, ele conseguia completar a entrada. Outra maneira era distrair a pessoa da bilheteria com um monte de perguntas enquanto um amigo comprava os ingressos. Depois que o amigo saía, ele continuava a conversa mais um pouco e aí pedia o seu. A pessoa já não lembrava se tinha entregado ou não, e assim, às vezes, ele conseguia entrar na casa de show. Também podia esperar a van com a atração do baile chegar e se infiltrar no meio da produção, ajudando a carregar os equipamentos para o clube. Assim conseguia passar pelos seguranças e ficar tranquilo lá dentro.

Teve um dia que ele chegou tarde e não conseguiu encontrar nenhum amigo pra inteirar um real ou fazer o esquema na bilheteria. Parado do lado de fora, esperando a van com o grupo de pagode chegar pra se infiltrar, Daniel percebeu uma movimentação estranha ao lado do Grêmio. A curiosidade o levou até uns caras.

"Vai pular também, rapá?"

Mesmo sem saber do que se tratava, respondeu:

"Claro, tô aqui pra isso."

"Então vem. Sobe logo!"

Eles subiram por uma amendoeira para um telhado e, de lá, já saíram numa janela no segundo andar do clube, onde os casais ficavam namorando no paredão escuro. Daniel sujou um pouco as mangas da camisa, mas deu uma dobrada nelas e passou batido. Foi assim que aprendeu a entrar de graça no baile, pela árvore vizinha do Grêmio.

A falta de grana não o impedia de curtir a noite na única opção de lazer em Paciência. Se a sede batia, o jeito era ir para o banheiro e beber água da bica. Até que um dia ele parou no bar do clube, perto do balcão, e ficou analisando o que acontecia ali. Quando alguém entornou um copo de cerveja, ele se aproximou do balcão, mirou num dos atendentes e fez cara de que estava esperando, esperando, até que perguntou, impaciente:

"Cadê minha bebida, irmão?"

O cara não se lembrava de ter recebido dinheiro ou tíquete do Daniel, mas tanta convicção acabou confundindo a cabeça dele.

"Te entreguei o tíquete na hora que a mulher entornou a bebida dela aqui do meu lado. Você pegou da minha mão e depois ficou passando um pano no balcão e esqueceu de mim."

"Acho que agora lembrei. Era uma cerveja, né?"

Nem era, mas passou a ser, tá ligado? Naquele tempo acho que não era proibida a venda de bebidas alcoólicas para menor ou a fiscalização é que era rara. Daniel pegou a latinha, caminhou na direção dos amigos e foi assim que bebeu cerveja pela primeira vez. Não gostou muito do sabor, achou meio amargo, mas se sentiu confiante para aplicar o golpe outras vezes e em outros bares do clube.

4

Como na maioria das famílias de classe popular, os pais de Daniel só podiam lhe dar um par de sapatos por ano, que devia ser usado na escola, nas festas e nos passeios de fins de semana. O calçado era comprado quase sempre em novembro, no dia do aniversário, mas Daniel guardava pra usar pela primeira vez no Natal. Por mais que a mãe dissesse que o importante era ter saúde e que essas datas eram tudo coisa criada pelo comércio, ele não queria saber.

No aniversário de dezessete anos, ganhou seu primeiro tênis, e era um Nike. O brilho nos olhos foi tão grande que ele nem conseguiu esperar o fim do ano, usou no passeio da escola para o Cristo Redentor.

Assim que Daniel chegou com o pisante novo, as pessoas olharam para o pé dele antes de olhar para a cara. No caminho até o colégio, escutou elogios de amigos e até de uns estranhos. O poder daquele tênis foi tão surreal que levantou sua autoestima e Daniel conseguiu chegar na menina que ele gostava desde a época da creche. Não se espante, é isso mesmo: ele gostava dela desde os seis anos de idade.

"Tá animada pra conhecer o Cristo Redentor, Vanessa?"

"Claro, eu ia ficar animada pra conhecer até um museu, a gente não sai daqui pra lugar nenhum."

"Então, Vanessa, meu amigo pediu pra eu colocar você na fita dele. Ele disse que você é muito linda e que te quer faz muito tempo."

"Nossa mãe! Quem é esse seu amigo?"

"Eu!"

Vanessa olhou para ele com cara de surpresa e foi então que os dois se beijaram, se abraçaram e se apertaram durante alguns minutos. Aquele beijo fez Daniel refletir e repensar muitas coisas. Não queria mais ser o cara legal da escola que descolava carimbo para a galera faltar. Agora ele tinha dezessete, não dava pra ficar na porta dos bailes pedindo um real nem pulando muro.

Foi quando começou a procurar emprego, mas só arrumou trabalho numa pequena fábrica que fazia molduras para quadros e fornecia material para galerias e feiras de artes. O serviço não era exatamente difícil, mas tomava muito tempo. Chegar às oito da manhã e sair às seis da tarde era cansativo, sacou? Teve que abandonar as aulas no Brizolão de Paciência e só conseguiu vaga pra estudar no turno da noite na Escola Estadual Caldeira de Alvarenga, em Urucânia.

Estudar à noite não é a mesma coisa que de dia. Agora ninguém mais ria das suas piadas, a grande maioria precisava terminar os estudos pra conseguir um emprego melhor. Ali não dava pra fazer o esquema dos carimbos, ele tinha medo de que o assunto fosse parar nos ouvidos dos milicianos que comandavam a região e podia não ser tão bom assim ter que se explicar com o pessoal responsável pela área.

Como previsto, o trabalho não agradou mesmo, e Daniel saiu sem olhar para trás. Fazer quadro, trancado numa fábrica quente, com pó de madeira pelo corpo todo, era muita ralação. Sem contar que era obrigatório beber um copo de leite no fim do expediente. A supervisora dizia que era pra limpar o organismo. Ele odiava aquilo.

"Tu saiu do trabalho, Daniel?", perguntou Anderson, um amigo que estudava à noite com ele.

"Saí, sim."

"Saiu por quê, cara?"

"Porque era muito chato e quase não dava tempo de chegar aqui no horário. Quero arrumar um trabalho que não precise sair correndo pra vir pra escola."

"Então você quer um emprego, não um trabalho!"

Daniel deu uma risada, mas insistiu na ideia de que precisava de coisa melhor. Anderson pediu um currículo dele, pois trabalhava num estacionamento em Campo Grande e conhecia muita gente das lojas e empresas na região.

"Nem sei fazer currículo, cara. Tem que colocar o quê?"

"Só põe a escolaridade, os lugares que você trabalhou e os cursos que já fez."

"Então nem preciso de currículo, porque praticamente nunca trabalhei, ainda tô estudando e não fiz curso nenhum."

"Então acho que eu tenho o trabalho ideal pra você. Um amigo tá precisando de alguém. Não paga muito, mas pelo menos você vai estar liberado antes das duas da tarde."

"Sério? Mas tem que fazer o quê?"

"Esse amigo tem uma pensão que vende almoço pra geral nas lojas de Campo Grande, eu compro todo dia. Ele tá precisando de alguém pra entregar as quentinhas pra galera. É molezinha."

"E tem que chegar lá que horas?"

"Acho que umas oito. Se você quiser, pode ir de carona comigo de moto."

"Quero sim. Demorô!"

No outro dia, Daniel foi conversar com o Ronaldo Mazola, que era o dono da pensão. O combinado foi chegar às oito da manhã, ajudar a descascar as batatas, e às nove ele teria que descer a rua da Cedae pra retirar os pedidos dos clientes nas lojas. Depois, era só voltar para a cozinha, escrever os nomes das pessoas nas tampas, especificando o horário da entrega, de que loja era e o que ia comer. As entregas começavam às onze, quando ele recolheria o dinheiro do pessoal.

O novo trabalho, comparado com o antigo, era muito mais maneiro. Ele gostava de andar pelas ruas, ver gente, olhar as vitrines e conhecer as pessoas das lojas onde entregava as quentinhas. O chato era carregar aquele isopor no ombro e passar em frente ao antigo colégio Belisário na hora da saída dos alunos, ou melhor, das alunas, né? Dava uma vergonha danada.

Daniel desenvolveu uma técnica pra não ter que carregar aquele isopor que esbarrava nas pessoas pelas ruas de Campo Grande e era a maior queimação de filme: passou a colocar uma quentinha em cima da outra dentro de bolsas de lojas de marca, separando tudo com pedaços de papelão que pegava das embalagens de alumínio.

"Pra que você tá botando essas quentinhas dentro dessas bolsas, Daniel?", perguntou Ronaldo.

"Porque assim é melhor pra transitar nas calçadas lotadas."

"Então tá. Mas cuidado pra não amassar essa porra toda aí, hein?"

"Pode deixar, patrão. Fica tranquilo que eu só tô fazendo isso pra melhorar a entrega."

"Então tá."

Era tudo que ele precisava ouvir. Depois daquele dia, nunca mais carregou o isopor, e sempre que encontrava um conhecido na rua dizia que estava fazendo compras e com um pouco de pressa.

Ronaldo era um cara muito maneiro, conhecia quase todo mundo em Campo Grande, inclusive a galera que trabalhava nos supermercados, por isso sempre comprava carne por um precinho bem melhor. O pessoal dos mercados cortava as carnes e enfiava em sacos de lixo. Aí alguém da limpeza, de dentro do esquema, pegava o saco e passava para o Ronaldo, que pagava o valor combinado. Depois eles dividiam a grana. Ronaldo levou Daniel para ver como é que eles faziam. Às vezes, se ele estava com pressa, cortavam uma carne de primeira e colocavam etiqueta de carne de terceira. Tudo no esquema.

Daniel passou a divulgar esse lance das carnes para os amigos que faziam churrasco no bairro. Assim, quase todo fim de semana ele tinha uma festinha pra curtir. Como na maioria das festas tinha que pagar pra entrar, com o desconto que ele arrumava sua entrada passou a ser de graça. Foi num desses churrascos que ele conheceu um cara que trabalhava de garçom nos fins de semana. Daniel perguntou se não dava pra arrumar uma vaguinha pra ele.

"Cara, tem até uma vaga na minha equipe, mas é de cumim."

"Cumim? Quê que é isso?"

"Cumim é ajudante de garçom. Ajuda a pegar comida na cozinha pros caras levarem pros clientes. É um tipo de faz-tudo. Se você quiser, já te levo no próximo fim de semana."

E foi assim que Daniel arrumou mais um emprego, se ligou? Em casa, a família estava feliz de ver que ele era um menino trabalhador. Na escola, decorava os questionários e passava nas provas sem muito problema, ainda que colasse dos amigos mais próximos se tivesse alguma dúvida.

Dona Dorinha começou a pegar mais leve com as roupas dele. Agora Daniel só usava peças de marca, e calçados também não eram mais uma questão. Descobriu um lugar em Madureira que vendia tênis importados por um preço bem melhor — não os originais, mas réplicas perfeitas. Uma vez, ele foi comprar um Mizuno Camaleão que custava muito caro e lá estava sendo vendido por menos da metade do preço. A mulher do caixa ficou conferindo nota por nota pra verificar se o dinheiro era realmente verdadeiro, e demorou tanto que ele se irritou.

"A senhora tá com algum problema comigo? Até parece que os tênis que vocês vendem aqui são mais originais que as minhas notas!"

A mulher parou de conferir, guardou o tênis na sacola e entregou para ele. Rapidamente, Daniel enfiou o tênis numa caixa velha que ele trazia dentro de uma bolsa de marca e foi para a estação pegar o trem de volta pra casa desfilando com suas compras. O trem estava lotado, como sempre, e Daniel sentiu que alguém se esfregava nele. Tinha um cara com uma das mãos por cima da maleta que ele tava carregando, bem na sua frente. Aquelas maletas com alça igual à que o pessoal testemunha de Jeová usa, tá ligado? Então, toda hora o cara encostava a mão no pau do Daniel e ficava mexendo. Daniel começou a suar frio e, quando olhou para a cara do sujeito, recebeu um sorrisinho descarado e uma piscada de olho.

Constrangido, não teve forças pra reagir e na sua cabeça começou a passar um montão de coisas, inclusive o que aconteceria se ele tivesse uma ereção ali dentro. Quanto mais pensava, menos ele agia e mais o cara se esfregava. O trem parava e, quando parecia que ia esvaziar o vagão, desciam umas duas pessoas e entravam umas quatro. Quando chegou na estação de Bangu, o cara deu um apertão bem forte no pau de Daniel, desceu do trem sorrindo e ainda piscou um dos olhos de novo, dando tchau.

"Viado!", gritou Daniel.

"Gostoso!", respondeu o tarado, enquanto caminhava rebolando e jogando beijos para o alto.

Naquele dia ele decidiu que, quando completasse dezoito anos, ia comprar um carro pra nunca mais andar de trem. Grande parte do que ele ganhava passou a ir para um cofrinho que ele fez com aquela caixa do tênis de Madureira.

5

O trabalho de cumim estava indo muito bem e ele aprendeu rápido tudo sobre a profissão de garçom. Sua maior dificuldade era equilibrar as coisas em cima da bandeja, mas, como a repetição leva à perfeição, ele trouxe uma bandeja para casa pra poder treinar, se ligou? As quentinhas também ajudaram. Ele chegava na porta da loja em que ia entregar o almoço do pessoal, passava as quentinhas para a bandeja e servia os clientes como se estivesse num restaurante chique. O pessoal achava graça e ele começou a ganhar umas gorjetas maneiras.

Daniel continuou desenvolvendo suas habilidades e logo virou garçom de verdade. Ele sempre chegava bem cedo pra ajudar na arrumação das mesas e, um dia, enquanto passava álcool pra desinfetar os copos, viu a foto da aniversariante da festa daquele dia. Eram os quinze anos da irmã de uma garota que tinha estudado com ele na época do Brizolão.

Quando a festa começou, ele viu vários amigos da escola numa mesa grandona — a galera ia chegando e juntando mais cadeiras. Ele ficou com vergonha no início, tentou até se esconder na cozinha fingindo que estava ajudando o novo cumim, mas o patrão deu meia dúzia de gritos no ouvido dele e mandou que fosse para o salão servir as pessoas que não paravam de chegar.

Daniel viu que não teria como se esconder dos amigos a festa toda. Era tudo ou nada. Ele então encheu uma bandeja de salgadinhos, guardanapos e coragem, e foi lá falar com o pessoal.

"Se eu pegar alguém vacilando na festa vou meter a porrada. Nada de levar salgadinho pra casa nessas sacolas que eu tô vendo aí no bolso de vocês, hein?"

"Olha o Pastor Daniel. Veio pregar pra gente?", disse um dos amigos.

"Vou pregar meu pau no céu da tua boca!"

"Fala sério, Pastor. Tá trabalhando de garçom agora?"

"Tô com a vida que pedi a Deus. Todo fim de semana tem festa, comida e bebida à vontade. Vou querer mais o quê?"

O patrão abriu os braços de longe e apontou para o salão e logo Daniel voltou ao trabalho. A aniversariante era evangélica, então não tinha bebida alcoólica na festa, mas, em compensação, salgadinho e refrigerante estava arregado, afinal, a maioria dos crentes não bebe mas come direitinho, né?!

Daniel aprendeu a conseguir umas gorjetas generosas. Ele já chegava nas mesas fazendo graça, dizendo que aquela mesa era VIP, que o atendimento ia ser especial. Deixava porções generosas de salgadinhos, enchia os copos toda hora, passava um pano e dava uma arrumada de tempos em tempos, enquanto puxava assunto dizendo que estava juntando grana para a faculdade, que a mãe estava doente, que os remédios eram caros, ou que a namorada estava grávida, que ele então trabalhava em dois empregos, que estava fazendo obra no terreno que tinha comprado.

Os outros garçons não tinham a coragem dele, mas se divertiam com as histórias que ele contava. Alguns diziam que Daniel dava para político. Depois de um tempo, passaram a ajudá-lo nas mesas e ele dividia a gorjeta com os caras.

O dono do bufê começou a pegar no pé do Daniel porque no fim das festas ele sempre ficava perto da saída se despedindo dos clientes como se fosse o chefe. Daniel não estava nem aí para as implicâncias do patrão, só queria saber de botar dinheiro no bolso pra encher logo o cofrinho. Dava vontade de comprar logo alguma coisa legal com aquele dinheiro, mas o foco era o carro, ele não aguentava mais andar nos transportes públicos precários do Rio de Janeiro.

Seu pai tinha prometido ensinar ele a dirigir o Chevette, mas ficou só na promessa. Por mais parceiros que fossem, o amor pelo carro parecia maior do que o pelo filho. Daniel até tentou pegar a chave escondido uma vez, mas seu Ricardo descobriu e nunca mais deu bobeira. A garagem passou a ser zona proibida para Daniel. E aquilo tudo ia dando mais força para ele juntar cada centavo.

A gota d'água foi quando seu Ricardo viajou e ficou uns três meses fora. Ele sempre viajava, mas daquela vez, antes de ir, construiu uma parede de tijolos e cimento para Daniel nem tentar arrumar um jeito de sair com o carro dele. Pensa numa parede fechando uma garagem. Pois foi o que ele fez. Daniel ficou revoltado, mas sabia que não podia fazer muita coisa, só esperar e trabalhar no foco de comprar o próprio carro.

6

Um dia, Daniel estava indo ao mercado buscar as carnes que o patrão tinha encomendado e, quando chegou na porta, tinha uma confusão e uma gritaria enorme no meio do salão. O açougueiro amigo deles estava com uma faca na mão e gritava com os seguranças e o gerente.

"Eu sou honesto, porra. Ralo pra caralho nessa merda e vocês me acusando de roubar carne, só pode ser brincadeira!"

A lembrança da mãe foi inevitável, por isso ele saiu de fininho e foi contar tudo pro Mazola. Depois ficaram sabendo que todo mundo do açougue e dos serviços gerais tinha sido demitido, e o esquema das carnes foi pro beleléu.

Pouco tempo depois, com o aumento dos preços dos alimentos, o trabalho das quentinhas também foi por água abaixo. Ronaldo Mazola decidiu fechar a pensão porque não tinha como repassar os valores "inflacionados" dos produtos para os clientes. Antes, com o esquema, até dava pra dar uma segurada, mas pagando o preço real das coisas não tinha jeito.

Daniel saiu da pensão e nem esperou o Anderson, que sempre fortalecia uma carona. Foi direto para a estação de trem passando pelo buraco do muro e caminhando pela linha pra não pagar a passagem. Já no trem, olhando a paisagem, bateu uma vontade de chorar porque não ia ter mais aquela rotina, que não era das melhores, mas ele já tinha se habituado.

Ao sair da estação em Paciência, deu de cara com um anúncio de vaga de emprego colado na banca de jornal que fica logo em frente à saída. Assim que chegou em casa, ligou para o número, conversou com a proprietária da banca, dona Camélia, e já no outro dia começou a trabalhar.

Na banca, ele aprendeu a gostar de ler os jornais e de se informar sobre assuntos gerais. A maioria das pessoas que comprava jornal só se interessava por esportes, mais precisamente futebol. Mas algumas também falavam de política, e ele foi ficando cada vez mais informado e revoltado com a corrupção dos governantes.

"Político tem tudo que morrer. Bando de safados", dizia bem alto quando faziam algum comentário sobre as notícias.

Ali mesmo na banca ele começou a comprar coisas que os viciados em drogas ou em apostas ofereciam a preços bem baixos quando estavam no desespero. Desde tênis até televisão, liquidificador, ventilador, relógio e celular, ele nem achava que era errado se aproveitar da situação daquelas pessoas, para ele aquilo era normal. Sem pressa, revendia tudo na feira de Campo Grande, o Mercado Livre da época, tá ligado? E guardava todo o lucro das transações na caixinha.

Quem apresentou a famosa feira de Campo Grande para ele foi seu Ricardo. Quando Daniel era mais novo, os dois saíam de casa quase todos os domingos pra passear na feira. Pelo menos essa era a impressão que ele tinha, até que um dia o pai foi pego pela polícia quando estavam saindo com um passarinho dentro da bolsa. Foi aí que ele entendeu que as transações com pássaros e animais silvestres em que seu pai vivia envolvido, além de rinhas de galos e outras atividades com apostas, eram paradas erradas.

A banca onde Daniel trabalhava parecia uma loja da rua Uruguaiana, tinha de tudo, de carregador de celular a meia, passando por doces e balas até ferramentas como furadeira, makita e outras coisas que ele mesmo ia comprando e revendendo. Só não se metia com animais.

De esquema em esquema na banca de jornal, Daniel conheceu um cara que disse que tinha uma treta de comprar celular na loja pela metade do preço. Não tinha como dar errado. Era uma parada feita direto com alguns vendedores das lojas. E, dependendo da quantidade, os descontos ficavam ainda maiores.

"Varão, se quiser alguns aparelhos, me fala. Essa semana não posso, mas na segunda-feira que vem vou estar aqui pela área. Posso te levar nas lojas de Santa Cruz ou nas de Campo Grande. Escolhe a melhor opção pra você."

"Vem na caixa e com nota fiscal e tudo?"

"Claro. Vem até embrulhado pra presente, se você quiser."

"Tá, vou ver e te falo."

Daniel já calculava o quanto ia poder lucrar com a revenda dos aparelhos.

"Vou passar aqui na segunda-feira que vem, perto da hora de você fechar a banca. Bom que dá tempo de você oferecer os aparelhos pros seus amigos e clientes. Meu nome é Cláudio. O seu é Daniel, né?"

"É."

A semana passou e Daniel decidiu arrebentar o cofre para investir parte das economias no esquema dos celulares. Como diz o ditado, "Quem não arrisca, não petisca". E foi de olho nos petiscos que ele decidiu comprar cinco aparelhos para vender na feira. Melhor do que juntar dinheiro é fazer o dinheiro trabalhar para você, foi isso que ele aprendeu nos livros de autoajuda que ensinam o povo a ficar rico.

Cláudio apareceu no horário combinado e os dois pegaram uma Kombi para a loja de Santa Cruz. No caminho, entraram em vários papos sobre a possibilidade de se encontrarem de novo para transações futuras. Assim que chegaram na loja, Daniel foi direto nos celulares da moda. Já sabia os modelos e os preços, e escolheu cinco que estavam na vitrine. O Cláudio chegou bem pertinho do ouvido do vendedor e pediu para ele embrulhar para presente. Enquanto isso, Daniel foi levado até um dos sofás, bem de frente para o balcão dos celulares.

Quando o vendedor estava embrulhando os aparelhos, Cláudio deu um sorriso e fez sinal de positivo pra ele. Na mesma hora, o vendedor também sorriu e levantou o polegar.

"Daniel, me dá a grana dos aparelhos que eu vou pôr lá embaixo na lixeira do banheiro pro vendedor liberar os aparelhos pra gente. Mas não tira os olhos dele nem dos aparelhos porque esses caras são tudo 171. Já pensou se você abre a caixa dos telefones e só tem pedra dentro? Já ouvi essa história milhares de vezes."

"Tá, mas como assim pôr o dinheiro na lixeira?"

"Porra, tu acha que a gente vai dar a grana na mão dele assim na cara de pau? Fica aí de olho que eu já volto."

Daniel abriu a mochila, pegou um bolo de dinheiro preso com elásticos, contou cinco amarrados e deu a grana na mão do cara, que saiu dali acenando discretamente para o vendedor.

"Tô indo ali no banheiro e já volto."

"Ok, os aparelhos já estão aqui separados pra vocês", respondeu o vendedor.

Na hora que o Cláudio se levantou, bateu um calafrio daqueles no Daniel. Parecia que o cara estava levando um pedaço do corpo dele. Mas, como ele estava de frente para o vendedor e de olho nos aparelhos, nada podia dar errado, né?

Passaram-se uns dez minutos mais ou menos e nada do Cláudio. O vendedor começou a atender outros clientes, o tempo foi passando, passando, e aquilo foi ficando estranho. Então o Daniel se levantou, foi até o vendedor e perguntou.

"Tá tudo certo com os meus aparelhos?"

"Claro que sim. É só o senhor passar no caixa e pagar que já tá tudo embrulhado."

"Como assim, passar no caixa? O Cláudio já deixou o dinheiro no local combinado!", sussurrou Daniel.

"O quê?"

"O cara que estava comigo falou contigo que tava tudo certo."

O vendedor fez cara de paisagem.

"Nem conheço aquele senhor. Vocês pediram os aparelhos, eu peguei, pediram pra eu embrulhar, eu embrulhei, ele perguntou se estava tudo certo, eu disse que sim, mas nunca vi aquele cara na minha vida."

Foi aí que Daniel percebeu quem tinha caído num golpe. Nem quis procurar o Cláudio no banheiro. Foi caminhando até o ponto final das Kombis e voltou para casa revoltado. Justo ele, que se achava tão esperto, tinha caído no esquema da falsa compra.

7

Daniel completou dezoito anos e chegou o dia do maior medo dele: ter que servir ao Exército Brasileiro, perdendo um ano dentro do quartel. Um amigo que já tinha passado por aquilo disse que era só falar na entrevista que morava na favela e que queria muito entrar no Exército porque gostava de ver os caras com as armas lá na região dele, e que também queria tirar aquela onda com um fuzil na mão.

Dito e feito. Quando o sargento ouviu aquilo, pôs o nome dele pra sobrar na hora. E foi assim que ele se livrou do serviço militar obrigatório e de fazer parte do Efetivo Variável. #FicaAdica

Liberado, Daniel resolveu raspar o que restava das suas economias. Contou cada centavo e começou a procurar um carro. Pesquisou nos classificados, foi a leilões e em várias feiras de automóveis, passou a semana toda atrás disso e, quando estava indo trabalhar na sexta-feira, viu um Gol Bolinha branco lindão com uma placa de "Vendo". Anotou o número que, para sua sorte, era da mesma operadora que a dele, e usou seu bônus pra ligar assim que desceu do ônibus.

Marcou de ver o carro no sábado depois do almoço, antes de ir trabalhar. Depois disso, Daniel falou com um amigo que trabalhava com ele de garçom, o Shrek. O cara entendia de mecânica e até já tinha tido uma oficina. Precisou fechar porque não estava mais conseguindo pagar o aluguel, as contas, fazer favores para policiais e ainda pagar o dinheiro para a milícia toda semana, sabe como é, né?

Daniel pegou tudo o que tinha juntado, colocou numa mochila e foi encontrar com o amigo na rodoviária de Campo Grande pra pegar um ônibus até o endereço do dono do carro. Quando chegaram na fila, tinha um cara vendendo vales-transportes para as pessoas que fossem pagar em dinheiro.

Daniel comprou dois vales com o cara, um para ele e outro para o amigo, que disse que sempre aceita essas ofertas porque é melhor fortalecer os amigos do que encher os bolsos dos empresários de ônibus, sempre envolvidos em esquemas de corrupção com políticos. Hoje em dia não existe mais vale-transporte aqui na cidade, mas o esquema migrou. Os caras compram os cartões de passagens das pessoas e ficam nos pontos de ônibus trocando por dinheiro, mas agora é assim: os passageiros passam pelas roletas e depois devolvem os cartões pela janela. O nome dessa prática é janelinha.

"Essa parada é maneira, Daniel. Tem um lugar que você deixa o vale-transporte que a empresa te dá e eles te pagam na hora e só descontam a comissão deles, aí mandam uns aliados pros pontos de ônibus pra vender e transformar em dinheiro vivo."

"Maneiro. Quando eu arrumar um emprego de carteira assinada vou falar que pego quatro ônibus pra chegar no trabalho só pra arrumar mais dinheiro com esses caras."

O ônibus partiu. Papo vai, papo vem, os dois chegaram no endereço do seu Mauro, o dono do carro. Assim que desceram do ônibus, avistaram o Gol estacionado na calçada e, depois de alguns toques no interfone, o dono veio e começaram a negociação. O cara queria oito mil no carro, mas Daniel só tinha sete e duzentos. O amigo mecânico disse que o carro era lindão, o motor estava ótimo e o preço era uma maravilha.

"Por que o senhor quer vender o carro assim tão barato?", perguntou Shrek, o amigo-garçom-mecânico-da-silva-faz-tudo.

"Porque tô separando da minha mulher e tenho que dividir o dinheiro com ela."

"Vamos fazer o seguinte, amigo", disse Daniel. "Eu te pago sete mil e duzentos agora e mais duas parcelas de quatrocentos. Depois a gente vai até o Detran pra passar o carro pro meu nome, ok?"

"Ok. Mas só vou poder ir no Detran contigo sexta-feira que vem. O carro tá no nome da minha mulher e vou ter que ir com ela. Mas eu confio em deixar você levar o carro agora se me pagar os sete e duzentos."

"Combinado então. Sexta que vem eu passo aqui na tua casa pra gente acertar tudo, mas preciso que o senhor faça uma carta de próprio punho escrevendo que eu paguei esse valor em dinheiro e assine."

"Claro, sem problemas!"

Daniel entregou um saco enorme cheio de moedas e notas pequenas, e saiu de lá dirigindo o carro novo. Primeiro passou no posto, colocou mais gasolina e deixou o Shrek em casa. Entrou na rua onde o amigo morava com o braço esquerdo pra fora da janela, tirando a maior onda. O Shrek avisou que ele precisava abrir todos os vidros, acionar o pisca-alerta do carro e ir piscando enquanto andasse ali dentro da favela. Todo mundo que entrava ali de carro precisava seguir as instruções da facção. Assim que acabou de baixar os vidros, uns fogos de artifício 12×1 estouraram no céu e todo mundo na favela começou a correr.

"Polícia, corre!"

E ele, assustado, começou a acelerar pra chegar mais rápido, pois não tinha habilitação. Assim que estacionou na porta da casa do amigo, chegaram uns caras apontando armas na direção deles.

"Calma, calma. Sou cria. Moro aqui!", disse Shrek para os traficantes.

"Cria é rato e barata, rapá. E esse carro dos P2 aí, tá maluco?", respondeu um dos caras.

"Esse carro é do meu amigo. Ele acabou de comprar. Não é carro da polícia não!"

"Porra, maluco. Como tu anda na favela num carro igual dos canas? Cria do bagulho dando um mole desse!"

"Foi mal. Nem pensei nisso. Peguei carona e..."

Antes que completasse a frase, os caras viraram as costas e saíram de perto pra avisar os outros traficantes que a favela estava tranquila.

Daniel pediu uma água e foi embora rapidinho. Já tinha entrado ali na Vila Kennedy algumas vezes, mas nunca tinha dirigido dentro de uma favela. Chegou em casa e foi correndo mostrar para a mãe o carro que havia conseguido com o suor do seu trabalho.

"Que lindeza, filho. Parabéns. Agora só falta tirar a carteira de motorista pra não ter que ficar perdendo dinheiro pra esses policiais todo dia aí pela rua."

"Claro, mãe. Vou deixar ele parado um tempo até conseguir regularizar tudo pra andar certinho."

Enquanto ele conversava com dona Dorinha no portão, seu Ricardo vinha virando a esquina com um passarinho novo na gaiola.

"De quem é esse carro aí, Daniel?"

"É meu, pai. Acabei de comprar!"

"Comprou onde?"

"Comprei de um cara lá em Campo Grande."

"Comprou na loja?"

"Não, pai!"

"Pegou o documento de compra e venda?"

"Ele tá separando da mulher e vendeu o carro baratinho. Chuta quanto eu paguei nele?"

"Nem quero saber o tamanho do prejuízo. Quando for assim, me chama pra ir contigo, meu filho. Agora não posso fazer mais nada. A volta já foi dada."

"Que volta o quê, pai. Tô com os documentos do carro aqui na mão já. Sei onde o cara mora. Sexta que vem vou com ele e a mulher dele passar o carro pro meu nome."

"Então tá certo. Depois me conta o que aconteceu. Se tu não tá com o compra e venda em aberto na mão, já era."

Aquelas palavras tiraram o sono do Daniel, que foi trabalhar indignado. Sempre sonhou com o dia em que ia comprar seu primeiro carro, e de repente vinha o pai falando que tinha tomado uma volta, mas ele não acreditou, não.

Assim que chegou no salão já foi recebido pelo patrão com um monte de questionamentos sobre a postura dele nos eventos. O problema era que o patrão não deixava nenhum funcionário comer durante os eventos e um cliente disse que tinha visto Daniel beliscando um salgadinho na festa anterior.

"Comi mesmo. Tava cheio de fome. Vocês não dão nem lanche. A gente chega aqui cinco da tarde e fica até três da madrugada. Você quer que a gente desmaie com a bandeja em cima dos clientes? Todo mundo come. Até você eu já vi tomando cerveja nas festas."

A discussão parou quando a patroa chegou. Ela chamou o marido pra conversar e o trabalho rolou normalmente, mas quando saiu o último convidado, o patrão chamou Daniel no canto e disse que não ia mais precisar dos serviços dele. E foi ali que ele aprendeu que nem sempre vence quem tem razão. Manda quem pode e obedece quem precisa.

8

Daniel foi pra casa desorientado. Ele ainda tinha que pagar mais duas parcelas de quatrocentos reais do carro e, desempregado, ia ser difícil honrar o compromisso. Só o dinheiro da banca de jornal não ia dar.

Passou o domingo todo dentro de casa pensando no que fazer. Foi para o quarto e chorou, chorou mais do que quando apanhou da mãe na ocasião das pilhas no mercado, e só parou de chorar quando escutou os gritos do pai discutindo com a mãe, sem saber que ele estava em casa.

No dia seguinte, Daniel foi para a banca e começou a fazer anotações nos classificados. Queria arrumar um emprego num lugar bem longe de Paciência. Queria circular mais pela cidade, respirar novos ares, se ligou? Não achou nada que valesse a pena arriscar sair da banca de jornal. Foi aí que seu telefone tocou. Era um amigo que soube que ele tinha saído do trabalho de garçom perguntando se toparia trabalhar numa casa de shows na Barra da Tijuca.

"É molezinha, Daniel. Chega lá quinta-feira, três da tarde, que te ensino tudo."

"E é pra levar o quê?"

"Vai de calça preta e sapato preto, camisa social toda branca e uma gravata-borboleta preta. Aproveita e leva uma caneta azul ou preta e uma lanterninha."

"Obrigado, irmão. Você me salvou."

A semana toda Daniel nem quis saber da escola. A quinta-

-feira chegou e ele saiu da banca e foi correndo pra casa preparar as coisas para o novo trabalho. Pensou em ir de carro, mas achou melhor ir de ônibus pra não perder grana numa possível blitz da PM.

"Trouxe tudinho que falei, homem de Deus?"

"Caramba, Ronaldo. Só esqueci a lanterna, mas enxergo bem pra caramba. Pode ficar tranquilo!"

"Tu é doido, é, doido? Eles apagam as luzes quando o show começa e a gente não vê quase nada. Como é que tu vai achar os diacho dos clientes pra levar os produtos e depois cobrar?"

"Fica tão escuro assim?"

"Claro, macho."

"Claro ou escuro? Se decide, Ronaldo."

"Para de maluquice e corre ali no shopping pra comprar uma lanterna. Vai rapidinho que eu seguro as pontas aqui pra você."

Daniel saiu correndo e meia hora depois voltou com uma lanterna enorme na mão.

"Tu é doido, é, doido? Como é que tu vai pôr essa lanterna na boca pra alumiar sua praça, macho?"

"Que praça?"

"Praça é o corredor de mesas que você vai ter que tomar conta pra atender teus clientes. Tu não aprendeu isso no teu outro trabalho não?"

"Não. Lá eu servia todas as mesas."

"Aqui cada garçom fica com um pedaço de três fileiras. Daqui a pouco o maître vai falar pra gente em qual fileira cada um vai ficar."

Como Daniel não entendia, ele explicou:

"É assim, ó: a fila A tem a parte da lateral esquerda, mais a parte do meio e a parte da lateral direita. Se você ficar com a A1 tem que ficar com a B1 e a C1. E nenhum garçom pode invadir a praça do outro."

"Mas alguém tenta invadir, Ronaldo?"

"Direto. Se tu der mole, os caras vendem até a mãe deles. O que manda aqui são os 10% que a gente bota em cima de cada produto."

"Beleza então."

"E como tu vai fazer com essa lanterna enorme? A lanterna é pra colocar na boca enquanto a gente carrega a bandeja numa mão e os baldes com as bebidas na outra."

"Sei lá. Mas fica tranquilo que vou dar meu jeito!"

A casa abriu e os clientes começaram a ocupar as mesas. Daniel ainda estava meio enrolado com as vias da comanda de papel, se confundia com as cores. A branca era da operadora de caixa, a verde era dele e a amarela era do bar que atendia só os garçons.

Ronaldo era antigo ali no trabalho e tinha muita habilidade. Assim que a casa encheu, ele já tinha vendido e cobrado todos os clientes das suas praças. Estava anotando novos pedidos quando, de repente, a luz do salão apagou e o apresentador anunciou que ia começar o show da Alcione. Eis que surge uma luz no fim do túnel. Daniel apareceu correndo entre as mesas lotadas de clientes, com sua lanterna gigantesca na boca, com uma das mãos equilibrando os produtos na bandeja e a outra levando dois baldes cheios de bebidas. Passou tão rápido que parecia até um trem. Enquanto isso, os clientes punham as mãos no rosto para se proteger do excesso de luz que chamou a atenção até da Alcione, que, antes de cantar a primeira música, fez um comentário.

"Esse cara é bom mesmo. Se faltar luz no meu bairro, vou ligar pra ele."

A plateia riu, mas Daniel nem ligou para as brincadeiras, continuou vendendo seus produtos. Só pensava em juntar o restante do dinheiro pra pagar o carro.

No fim da noite, sua prestação de contas bateu certinho e ele foi pra casa feliz. Seu nome saiu na lista dos que iam trabalhar sexta, sábado e domingo. Com isso, não teria como ir até a casa do cara passar o carro para o seu nome.

A maioria do pessoal que trabalhava na casa de shows ia junto para o ponto de ônibus. Esperavam formar um grupo grande de pessoas, pois todo cuidado é pouco pra andar na madrugada carioca, né? Cada um falava quanto tinha arrumado no show. Uns ganharam mais do que ele e outros faturaram bem menos. Para Daniel, o dinheiro que levava para casa estava muito bom.

O ônibus demorou bastante. Se o sistema de transporte dali durante o dia já é ruim, depois de meia-noite fica pior, com os intervalos entre um e outro ônibus ainda maiores. A região de Campo Grande a Sepetiba, passando por Santa Cruz, é um lugar que manda muita mão de obra pra fortalecer a Barra da Tijuca. Se essa região parar, a Barra para. Talvez só assim dariam mais valor para as pessoas dali — e alguma coisa poderia melhorar, pelo menos nos transportes.

Por causa da demora, Daniel só chegou em cima da hora de abrir a banca. Trabalhar pernoitado não é fácil, mas, como a maioria dos clientes já conhecia Daniel, eles pegavam os jornais e deixavam o dinheiro no bolso do jaleco enquanto ele cochilava. O pessoal achava que Daniel estava virado por causa de farra, nem imaginavam que ele estava vindo de outro emprego, pois aqui no Brasil o fim de semana é sagrado.

As horas demoraram uma eternidade pra passar. Daniel estava muito cansado e, assim que a banca fechou, foi correndo se preparar para mais uma noite no novo trabalho.

"Tá igual um zumbi, meu filho. Isso não é vida não. Para de trabalhar igual a um maluco e se dedica mais na escola. Você é um menino inteligente. Não vai fazer que nem seu pai e eu.

A gente começou a trabalhar cedo pra não morrer de fome aqui no Rio. Você, bem ou mal, tem um teto pra cobrir a cabeça e um lugar pra dormir com comida na mesa todos os dias."

"Tá bom, mãe, a senhora já falou isso um montão de vezes. Deixa eu tomar meu banho que já tá quase na hora de eu ir pro trabalho."

"Mal chegou e já vai sair? E a escola? Você já não foi a semana toda, vai faltar hoje também?"

"Tá, mãe. Sério. Não tô podendo falar agora. Depois a gente conversa melhor."

Entrou no banheiro e tomou um banho daqueles bem demorados. Só saiu quando seu Ricardo chegou forçando a porta sanfonada e abrindo na marra, já pondo o pau de fora pra mijar.

"Pô, pai. Não tá vendo que tem gente no banheiro?"

"Que gente que tem no banheiro? Tô vendo só um franguinho lavando as penas. Deixa eu ver esse pau aí!"

"Coé, pai?"

"Tá comendo gente, já? Se não tiver, vamos ter que resolver essa porra. Sou teu pai, garoto!"

Daniel almoçou correndo, pôs as pilhas na lanterninha nova que tinha comprado no armarinho do Zé Cocada e foi para o ponto de ônibus pegar a condução. Com sorte ia dar pra dormir um pouco na viagem de duas horas até o trabalho.

O pessoal sempre se encontrava antes, na praça de alimentação do shopping ao lado da casa de shows, e o assunto era a lanterna gigante do Daniel. Ainda era show da Alcione e ele já estava mais habituado com as comandas e, agora, com a lanterna certa.

A noite foi perfeita. Daniel conseguiu voltar para casa com os quatrocentos reais que devia do carro. Deu tudo certo. Ele não cobrou algumas mesas adiantado, confiando nos clientes, e todos pagaram direitinho no fim do show. Alguns garçons mais antigos também trabalhavam daquela maneira. Na hora de ir embora, os amigos comentaram os valores que receberam, mas ele preferiu não dizer nada pra não chamar a atenção dos olhos grandes.

    No caminho para casa tomou a decisão de sair da banca. Agora só iria trabalhar como garçom nos finais de semana, e nos dias livres ia tirar a carteira de motorista. Foi à banca, recebeu os jornais, ficou até umas dez da manhã e depois ligou para a dona Camélia pra avisar que não tinha mais como trabalhar ali.

9

Depois de um fim de semana de muito trabalho, Daniel acordou cedo na segunda-feira e foi até a casa do seu Mauro pra pagar o que devia e passar o carro para o seu nome. Ele chamou pra caramba, mas ninguém atendeu. Tentou ligar, mas a chamada só caía na caixa de mensagens. Saiu de lá e foi direto para a autoescola, dar entrada na habilitação.

A semana passou e Daniel avisou que ia chegar um pouco mais tarde na sexta-feira porque tinha que resolver o problema com o antigo dono do carro. De novo deu de cara com a porta fechada, mas dessa vez tinha uma placa de "Vendo ou alugo" pendurada na janela. O desespero bateu. Daniel ligou na hora para o número que estava no anúncio.

"Alô, boa tarde. Eu quero falar com o seu Mauro."

"Eu também quero falar com esse sr. Mauro. Se você encontrar esse cara, fala pra ele pagar a grana que me deve."

"Como assim? A casa não é dele?"

"Não. Essa casa é minha. Ele morou seis meses na casa e tá me devendo três aluguéis. Colocou telefone e internet, mas não pagou as contas, nem a de luz. Eu pedia os comprovantes e ele mandava xerox falsificada. Agora fiquei num prejuízo danado por causa dele."

"Então quer dizer que ele é 171?"

"O que você acha? Descobri que ele tava usando minha casa pra aplicar golpes nas pessoas. Ele falava que era fotógrafo e enrolava as noivas. Fazia um monte de compras com cartões de crédito clonados e mandava entregar no meu endereço. Agora sumiu."

"Comprei o carro dele e ele ficou de passar pro meu nome na sexta passada."

"Ih, ele sumiu desde terça. Procura saber a procedência desse carro. Acho que você também foi enrolado."

Daniel foi para o trabalho sem saber o que fazer. Decidiu que não ia contar para o pai o que estava acontecendo, pois sabia o que ia ouvir. Era melhor ficar no prejuízo do que decepcionar seu Ricardo, que sempre gostou de contar vantagem nas transações e não ia ficar nada feliz em saber que o próprio filho tinha dado um mole daquele.

Chegou no trabalho, vestiu o uniforme, viu quais seriam suas mesas e foi para as praças sem falar com ninguém. Ficou de cabeça baixa até a hora que abriram os portões e os clientes começaram a entrar. Timidamente, vendeu alguns produtos, forçou alguns sorrisos, mas não conseguiu ter um bom desempenho na melhor parte das vendas, que aconteciam antes de começar o show. Pra piorar a situação, a casa estava vazia. Na hora que as luzes se apagaram, havia duas mesas cheias de pedidos que ainda não tinham acertado a conta. Como Daniel estava desligado, a galera saiu correndo para mais perto do palco e ele ficou a ver navios.

O prejuízo foi enorme. Ele não sabia se falava para os outros garçons ou para o maître o que tinha acontecido, ou se simplesmente pagava a conta do próprio bolso pra não ficar queimado com o pessoal. Durante o show, ele passou a maior parte do tempo procurando as pessoas, mas, como a praça estava muito escura, desistiu. Ficou só atendendo os poucos clientes que permaneceram na sua parte de atuação mesmo.

Quando o show acabou, Daniel já tinha acertado tudo com a caixa e foi limpar as mesas pra ir embora cedo. Ele só precisava de um banho bem demorado. Enquanto recolhia os baldes, apareceu um senhor alto com um bigode exuberante. Ele tocou no ombro do Daniel e disse:

"Acho que você foi o garçom que atendeu a gente antes do show começar..."

O cara pagou o que devia e ele zerou o prejuízo, pois com o lucro das outras vendas e mais esse dinheiro do bigodudo, foi pra casa com o mesmo dinheiro que tinha saído.

No caminho de volta, contou para o pessoal o calote que levou de alguns clientes e a situação do carro.

"Mas o documento tá em dia?", perguntou um dos amigos.

"Se for original, tá sim!"

"Então anda com o carro até ele acabar. Depois tu passa a bomba pra outro bobo."

"Tá me chamando de bobo?"

"Não. Só um pouco, hahaha."

"Tô tirando minha carteira. Depois que pegar ela na mão, vou rodar a cidade toda com essa porra desse carro."

"Eu tenho carteira. Se quiser vir trabalhar de carro, a gente faz um rateio pra ajudar no combustível. Eu posso vir com você e pegar o volante se a gente encontrar alguma blitz no caminho."

Daniel gostou da ideia e começou a ir para o trabalho de carro. Cada um dos amigos chegava com uma grana pra ajudar no combustível e, com isso, economizavam tempo e chegavam em casa mais cedo e menos cansados.

No percurso até o trabalho, Daniel foi aprendendo vários esquemas com os novos amigos sobre como ganhar dinheiro por fora na casa de shows:

Opção 1: Dar o troco errado para o cliente ou somar todos os produtos com os 10% e depois ainda acrescentar mais 10% no final.

Opção 2: Arrumar um dosador de uísque com trinta e cinco mililitros, pois a dose tem que ter cinquenta. Com esse dosador menor, ele ganharia dez doses em cada garrafa de uísque vendida.

Opção 3: De cada três porções de batatas servidas, fazer mais uma, retirando um pouco de cada.

Opção 4: Juntar as garrafinhas vazias de água mineral com as tampas e depois completar com água da bica e revendê-las.

Opção 5: Levar algumas latas de cerveja de casa e vender no show, como se fosse produto do bar.

Havia outras opções que envolviam coisas mais loucas como, por exemplo, levar drogas e vender a preço de ouro para os clientes fissurados. Mas ele nunca quis se envolver com coisa errada, tá ligado?

A carona rendia bons frutos. Daniel agora estava faturando muito. Nem quis mais outro trabalho. Com a carteira de habilitação na mão, resolveu curtir a vida um pouco e sair com os amigos, pra compensar o fato de ter ficado vários finais de semana só trabalhando.

Ele descobriu que tinha muita coisa boa rolando durante a semana pelo Rio. Comprou até uma prancha pra fingir que era surfista. Tirava umas fotos caminhando pela areia da praia sem nem precisar se molhar.

Ingressou nas redes sociais, virou rato de lan house e estava bombando com as fotos que começou a postar desde que passou a andar com a galera do Paraíso Radical. Percorrer trilhas e descer de rapel eram suas mais novas paixões. Depois que aprendeu os truques das cordas e dos ganchos, começou a fazer um montão de piruetas enquanto descia dos montes. Só falava daquilo, ficou tipo aquelas pessoas que descobrem o mercado das criptomoedas.

Quem apresentou esse universo para ele foi o Moisés, que era motorista de van e agora é instrutor e guia do pessoal. Eles têm um grupo que sempre marca as aventuras e desafios. Um belo dia, estavam subindo a Pedra da Tartaruga pela trilha e repararam que tinha um pessoal escalando. Assim que Moisés prendeu os ganchos e lançou as cordas de cima da pedra, Daniel, querendo fazer graça para as meninas novas que estavam participando da trilha pela primeira vez, se projetou pra descer e disse:

"Primeiro eu vou descer bem suave pra mostrar como se faz."

Desceu correndo igual nos filmes de ação e, como não estava prestando muita atenção, quase pisou na mão de um cara que subia pela pedra no braço. O cara ficou uma fera e os amigos dele, que estavam lá embaixo, seguraram o Daniel e começaram a dar uma bronca nele.

Moisés, ao perceber o que estava acontecendo, desceu rápido pelas cordas e foi tentar segurar um pouco a confusão, mas os caras não queriam saber de conversa, queriam mesmo era enfiar a porrada em todo mundo.

"Vocês têm que parar com essa porra de trazer essa mulambada pra descer a Pedra da Tartaruga de rapel. Subir pela trilha e descer é mole, quero ver subir no braço igual a gente faz."

Daniel tentou responder, mas um russão chegou bem perto dele e disse que, se ele falasse mais uma palavra, ia ficar estirado por ali mesmo.

"Deixa o pessoal ir embora, Julião, olha a cara do pobre, se mijou todo de medo. Não vale a pena perder tempo explicando pra eles como a gente vê o mundo, cada um tem um jeito de lidar com a natureza."

A sorte deles é que tinha esse cara gente boa pra aliviar a barra dos dois, pois nem Moisés sabia que existia essa rivalidade de quem escala montanhas com quem desce de rapel.

Depois desse dia, Daniel nunca mais quis saber de aventura: saiu dali direto para o Gol e desapareceu do grupo.

Sem as aventuras, Daniel ficou viciado nas redes sociais e quase não saía de casa. Foi aí que um vizinho, que sempre via o carro na calçada, perguntou se ele não se interessaria em trocar por uma Kombi. O vizinho trabalhava como motorista de lotada e tinha arrumado uma vaga pra pôr um carro no esquema de táxi pirata que faz frete na porta do supermercado principal de Santa Cruz.

Daniel não pensou duas vezes e passou o carro. Falou que tinha perdido o contato com o antigo dono, mas que estava procurando, e por isso não estava com o documento de compra e venda. Mas a Kombi também não era 100% correta e o cara nem quis muitos detalhes sobre o carro. Todo mundo sabe que ninguém está em dia com as leis de trânsito, e os carros que fazem o frete nas portas dos mercados não são fiscalizados nem parados pela polícia por causa do acerto que existe com os policiais da redondeza.

"Fica tranquilo, aqui na área é tudo irregular. Se até as viaturas da polícia e dos bombeiros não estão em dia, por que o nosso veículo tem que estar?", disse o dono da Kombi.

"Depois te levo na casa do cara e a gente já passa direto pro seu nome."

"Tá bom, mas essa Kombi também não tá no meu nome. O antigo dono já até morreu. Aí ficam elas por elas. Ponho você pra assumir a linha no meu lugar, você paga o valor semanal pro fiscal, que vai pra milícia fazer os acertos com os policiais, e ainda dá pra arrumar um dinheiro. Em menos de um ano você já recupera o valor do carro. Só vou trocar contigo porque me estressei feio com o fiscal e não aguento mais dirigir Kombi pra lá e pra cá tendo que olhar pra cara dele todos os dias."

"Então vamos trocar. Amanhã tu me apresenta o pessoal e fala que eu trabalho pra você. Não quero que ninguém saiba que eu sou o dono da Kombi."

"Então tá. Quer ficar com o meu cobrador?"

"Pode ser."

10

O primeiro dia do Daniel dirigindo a Kombi foi tenso. Ele ficou superpreocupado com a possibilidade de transportar dez passageiros saindo de Santa Cruz, passando pelo Cesarão, Paciência, até chegar a Campo Grande.

O antigo dono da Kombi deixou o cobrador, que já trabalhava com ele há muito tempo, para ajudar e ensinar ao Daniel como funcionava o sistema das lotadas. O apelido dele era Deputado, uma figura bastante conhecida naquela linha. Seu nome verdadeiro era Jorge, mas o apelido veio porque ele uma vez foi candidato a deputado estadual e só recebeu um voto. Ele jura que o voto não foi dele, porque no dia da eleição estava de ressaca e preferiu ficar no bar bebendo pra passar a dor de cabeça.

Jorge tinha mais de dez filhos com várias mulheres e, com uma família desse tamanho, a quantidade de votos é no mínimo estranha. Todo mundo brinca dizendo que foi a pessoa que votou nele. A piada já nasceu pronta, né?

Na primeira viagem deu tudo certo. Daniel ainda estava se acostumando com a diferença das marchas e com a folga no volante que parecia mais umas férias. A Kombi foi lotada e chegaram até o ponto final sem problemas. Nenhum passageiro desceu durante o percurso. Quando isso acontece, eles dizem que os passageiros são CDF, cu de ferro.

"Fica tranquilo, piloto. Aqui não precisa correr igual maluco pra pegar passageiro. O negócio é ir devagarinho que os clientes aparecem."

"Mas o senhor acha que corri muito?"

"Não, mas no começo é assim mesmo, depois vocês se empolgam. Já vi isso acontecer muito aqui na linha. Aquele ali é o Fofão, trabalhava no lava-jato, tirou carteira pra trabalhar aqui e não quer saber de outra vida."

"E por que o senhor não tira carteira também?"

"Quem disse que eu não tenho? Minha CNH é categoria E, já dirigi ônibus, carreta, trator. Hoje em dia tô aposentado e trabalho aqui porque não aguentava mais ficar em casa parado."

"Por que não dirige uma Kombi então?"

O Deputado disse que era uma longa história e não continuou a conversa. A vez deles chegou e os passageiros começaram a entrar na Kombi.

"Olha a hora, Deputado. O relógio tá correndo. Se passar dois minutos, vai ter que pagar cinco passagens pra Kombi de trás."

"Faz o seu que eu faço o meu, fiscal. Tu é chatão. Tá me atrapalhando de chamar os passageiros. Quer um café? Eu pago pra você."

No meio daquela discussão, Daniel saiu com apenas quatro passageiros e foi disputar o resto na pista, no caminho até Campo Grande.

"Vamos devagar, piloto. Vamos morrinhando pra dar tempo da Kombi que saiu na nossa frente chegar longe."

"Você que manda, cobrador."

No meio do caminho, o Deputado pôs a cara pra fora da janela e ficou gritando: "Campo Grande, Paciência, Cosmos, Inhoaíba via Cesarão". A gritaria foi até a porta do Shopping de Santa Cruz. Chegando lá, a outra Kombi ainda estava parada com o cobrador tentando arrastar os pedestres pelo braço.

"Como é que é, mermão?! Já era pra tu tá lá na praça do Curral Falso, no Cesarão. Vou ligar pro fiscal e cobrar cinco passagens de vocês."

"Já tô indo, Deputado. A Kombi tá meio ruim, só por isso ainda tô aqui."

"Então mete o pé agora. Ei, cobrador, larga o passageiro que ele é meu. Se ele entrar na tua Kombi, vou cobrar cinquinho de vocês."

O passageiro ficou tão assustado que não quis entrar em nenhuma das duas Kombis, mas o Deputado, com muita insistência, acabou trazendo o cara de volta, meio que na marra, já que pegou as sacolas do passageiro e guardou no porta-malas.

"Fica tranquilo, piloto. Aqui é assim mesmo. Se a gente der mole, eles montam nas nossas costas."

A Kombi saiu com a porta aberta e o Deputado pendurado, metade do corpo pra fora, chamando os passageiros, gritando o destino e o trajeto até chegarem no ponto final.

O dia demorou uma eternidade pra passar e o trabalho foi bem mais cansativo do que ele esperava. Quando já estava estacionando a Kombi na calçada de casa, seu Ricardo olhou pra ele, chegou pertinho e disse:

"Quer dizer então que você largou uma bomba pra pegar outra?"

"Que bomba, pai? Só troquei um carro que me dava muito prejuízo com gasolina e agora tenho uma Kombi que me rende uma grana extra."

"E a escola?"

"Terminei os estudos já, pai. Você não sabe nada da minha vida mesmo, hein?"

"Então, pra você, terminar o segundo grau é terminar os estudos?"

"Né não?"

"Mas quem sou eu pra falar alguma coisa? Só estudei até a quarta série igual o Lula, né?"

"Então, pai. Quem sabe um dia eu não viro presidente também."

Seu Ricardo tinha preparado uma surpresa para Daniel. Dona Dorinha foi passar a noite na casa da mãe e ele aproveitou pra dar um presente que, segundo ele, o filho já deveria ter recebido há muito tempo, mas a correria dos trabalhos não tinha deixado.

"Larga essa lata-velha e vem comigo que tem um presente pra você no teu quarto. Não sei se você vai gostar, mas é a minha obrigação como pai te proporcionar esse momento."

"Que papo é esse de presente e de momento, pai? Tá doidão, já?"

Seu Ricardo abraçou Daniel e os dois entraram em casa sorrindo, como se fossem dois irmãos vindo do jogo do Flamengo no Maracanã, comemorando mais uma vitória sobre o Vasco.

"Vai tomar um banho pra tirar essa inhaca de Kombi antes de entrar no quarto, deixa que eu pego uma toalha e uma bermuda pra você."

Daniel entrou no banheiro sem nem imaginar o que o pai tinha aprontado, mas, como estava muito cansado, achou que devia ser uma janta especial, ou o pai queria mostrar alguma coisa que tinha trocado por um dos passarinhos. Assim que saiu do banheiro e entrou no quarto, ainda passando a toalha na cabeça, deu de cara com uma loira baixinha usando um short branco minúsculo e um top que só cobria um pouco dos peitos.

"Boa noite, lindão. Então você que é o famoso Daniel que derruba gigante?"

"Boa noite pra você também, mas quem derruba gigante é o Davi."

"Então vem me derrubar na cama, seu gostoso!"

Daniel ficou meio perdido sem saber direito o que fazer, não esperava aquela surpresa. A loira percebeu o nervosismo dele e tentou acalmá-lo. Perguntou se podia chupar ele pra dar uma animada, mas Daniel ficou com um pouco de nojo e achou melhor não.

"Tá maluco, garoto? Você acabou de tomar banho, teu pau é teu corpo, você sabe que a tua mãe chupa o teu pai, não sabe?"

A loira jogou essa informação pro garoto e começou a gemer, como se estivessem tendo uma relação. Daniel fez cara de paisagem e ela fez sinal pra ele ficar quieto e sussurrou:

"Não vou sair daqui sem o meu dinheiro. Se você não quer meter, isso é problema teu, mas eu quero receber, finge comigo e todo mundo sai ganhando."

Na sala, ouvindo a loira gemer, seu Ricardo deu um grito tão alto que os vizinhos todos ouviram.

"Esse é o meu garoto!"

Partiu pro bar, pegou um litrão de Brahma e ficou sentado na calçada em frente à casa deles, olhando para a Kombi e rindo à toa enquanto bebia a cerveja.

No outro dia, Daniel foi trabalhar pernoitado e ficou pensando na maluquice que foi a situação que o pai tinha arranjado. Ele sabia que, se dona Dorinha chegasse naquela hora, ia dar uma merda tão feia que ia feder a rua inteira. Ao chegar no trabalho, tomou um copão de café com Coca-Cola e começou a prestar atenção nas coisas que o Deputado fazia.

"Por que você cobra a passagem das pessoas adiantado, mas demora pra dar o troco?"

"Eles pagam quando eu cobro, e eu só dou o troco quando eles me cobram!"

"E se o passageiro não cobrar, você fica com o troco?"

"Isso aí já é outra questão, piloto. Olha o quebra-mola aí!"

Daniel não era nada bobo e sabia que precisava ficar de olho nos passageiros que entravam e saíam. O cobrador vivia puxando assunto, falando das mulheres que passavam na rua, mexia com todo mundo e, no final do dia, ficava com a impressão de que tinham carregado muito mais gente do que o Deputado dizia. Para não ser enrolado, Daniel passou a anotar todos os passageiros que entravam na Kombi e começou a perceber que tinha muito mais dinheiro pra levar para casa no fim do dia.

11

Tinha dia que tudo dava certo e eles conseguiam faturar uma boa grana, mas em outros nada parecia funcionar. Aquele dia foi assim. Só andaram com a Kombi vazia e foi aí que o Deputado deu a ideia deles darem uma vassourada. Vassourar é pegar passageiro e levar para um lugar diferente da linha em que a Kombi está autorizada a circular. Quando passaram na frente do Shopping de Santa Cruz, perceberam que tinha um grupo grande conversando entre si, e talvez não tivesse vaga para aquela turma toda dentro de uma mesma Kombi.

"Vocês tão indo pra onde, gente?", gritou o Deputado.

"Pra Pedra de Guaratiba!"

"Vocês são quantos no total?"

"Deixa eu ver aqui... Somos dezoito contando com as crianças."

"Então vamos. Vem todo mundo. Se cada um pagar quatro reais, a gente leva vocês na porta da festa."

"Na porta não, na esquina!", gritou uma das meninas enquanto entrava na Kombi. "Ninguém precisa ver a gente chegar um em cima do outro, não."

E, no meio da brincadeira, seguiram em direção a Pedra de Guaratiba com a Kombi lotada. Não tinha espaço nem pra se coçar. Parecia até os BRTs de hoje em dia.

"Ó, se alguém parar a gente, vocês têm que dizer que isso aqui é um frete, hein?", falou o Deputado todo imprensado na mala, com mais três pessoas em cima dele.

Ao chegar no endereço combinado, todo mundo desceu e Daniel deu o número do seu telefone para o pessoal ligar na volta, que ele levaria todo mundo em casa pelo mesmo valor.

"Viu, piloto? Vem na minha que tu brilha!"

"Tu é maluco. Se o pessoal da milícia daqui descobre, a gente morre na hora."

"É só falar que é frete que eles não batem neurose, não. Já fiz muito isso. Vou contabilizar o valor dessas passagens aqui pra somar com a minha porcentagem."

"Claro. Esse frete salvou o dia."

Daniel deixou o Deputado em casa e foi para a fila do gás natural na avenida Brasil, pois o posto onde o pessoal das Kombis abastecia dava uma mala de refrigerante para quem completasse a cartela com os pontos acumulados a cada abastecimento. De repente, o telefone tocou e era um número restrito. Daniel odiava atender números ocultos, mas, como tinha passado o contato para o pessoal do "frete" e ainda tinha esperança de falar com o seu Mauro do carro, acabou atendendo. A ligação era a cobrar.

"Alô. Quem é?"

"Oi, me desculpa ligar assim. É que eu tava na Kombi e ouvi você dando seu número pra gente te ligar quando fosse embora."

"Mas vocês já tão indo embora?"

"Não, mas como a festa tá meio sem graça, achei que ia ser bom falar com você um pouco pra distrair a mente."

"Tô na fila do posto de gás. Demora um pouco, mas se você quiser posso chegar aí em uma hora mais ou menos."

"Tá. Quando tiver chegando, você me liga pra gente se encontrar."

Daniel terminou de abastecer, pegou as garrafas de refrigerante a que tinha direito e pisou fundo no acelerador.

Assim que chegou na esquina, ela já estava esperando. Nem precisou fazer a ligação.

"Oi, nem sei teu nome. Tô morta de vergonha. Nunca fiz isso. Você deve tá achando que sou dessas que fica ligando pras pessoas que nem conhece, ou que sou uma Maria Gasolina..."

"Ei, calma. Respira. Meu nome é Daniel."

"O meu é Janaína", disse enquanto o beijava três vezes no rosto.

"Então quer dizer que a festa tá um porre?"

"Pô, falou agora igualzinho ao meu pai!"

"Tá me chamando de velho?"

"Não é isso. É que quando alguma coisa tá chata ele fala que tá um porre. Só que não conheço mais ninguém que fala assim."

"Acho melhor a gente esperar dentro da Kombi. Vai chover pra caramba."

"É mesmo. Já caíram dois pingos gigantes aqui no meu ombro."

Daniel abriu a porta de trás e os dois entraram e ficaram conversando enquanto a água batia no teto da Kombi, fazendo um barulhão.

"Caramba, parece que o mundo vai se acabar em água."

"Vem pra cá, garota. Senta aqui do meu lado. Pode me chamar de Noé."

Ela deu um sorrisinho e se apoiou na perna dele, antes de sentar ao seu lado. Daniel deu um sorriso sem graça e ela, percebendo sua timidez, o abraçou e lhe tascou um beijão bem no meio da boca. Os vidros da Kombi começaram a embaçar e Janaína tirou logo a camisa dele e foi beijando seu corpo, começando pelo pescoço, passando pelos mamilos e descendo até o umbigo.

"Tá rindo de quê, garoto?"

"Nada não. É que sinto cosquinha."

Foi aí que ela começou a provocar ainda mais. Pôs a boca nos mamilos dele e mordeu devagar. Daniel tirou a blusa dela e ficou tentando abrir o sutiã, sem sucesso.

"Cinco a zero pro sutiã", disse Janaína sorrindo enquanto tirava a mão dele das suas costas e ela mesmo o arrancava.

A coisa foi ficando quente. Janaína segurou a cabeça de Daniel e mandou ele chupar os peitinhos dela. Meio sem jeito, ele exagerou um pouco na força e ela deu uma reclamadinha suave.

"Devagar, bebê. Ainda vou querer meus peitos quando a gente terminar isso aqui."

Daniel deu um sorriso sem graça e ela continuou conduzindo a transa. Abriu o zíper dele, meteu a mão no seu pênis e perguntou se ele tinha camisinha. Daniel se esticou até o porta-luvas e pegou a pochete do Deputado que, para a sua sorte, tinha uma. Estava meio velha, mas dava pro gasto.

"Me dá isso aqui, garoto. Deixa que eu ponho."

Com muita habilidade, ela vestiu o boneco enquanto chupava o pau dele. Daniel nem percebeu. Quando deu por si, estava encapado e pronto para o combate.

A chuva começava a inundar as ruas. Como de costume, o Rio de Janeiro não aguenta meia hora de tempestade. Mas eles não se preocupavam com o mundo lá fora. Daniel estava louco pra meter logo e foi aí que Janaína ficou de quatro e pediu pra ele entrar por trás. O garoto suava mais que os internos do Bangu 1, e Janaína, vendo aquele nervosismo todo, acabou tendo que guiar o pau dele até o destino. Ela rebolava e Daniel fazia os movimentos de entra e sai. O menino estava muito empolgado, apertava a cintura dela com muita força enquanto gemia. Lá no meio do bem-bom, Daniel olhou para Janaína e reparou no movimento que ela fazia com um dos braços enquanto se apoiava com o outro.

"O que você tá fazendo aí, garota?", perguntou Daniel sem parar de entrar e sair de dentro dela.

"Tô batendo uma punheta. Ou você acha que só você que vai gozar aqui?"

Daniel não assimilou a informação de cara, e só se ligou depois de alguns minutos, enquanto eles gozavam. O silêncio veio com força e os dois ficaram se olhando sem dizer nada, tá ligado? Ambos se vestiram e nenhuma palavra foi proferida. Daniel pulou para o banco da frente, por dentro da Kombi mesmo. Janaína continuou calada, se maquiando com o espelhinho do batom.

O barulho da Kombi ligando quebrou o silêncio. Foi aí que ele perguntou pra Janaína em que lugar ela queria ficar.

"Quero ficar na porta da minha casa, meu bem. Só assim você vai saber onde eu moro e, se quiser repetir a dose, é só me buscar."

"Então vai me ensinando o caminho!"

"Claro, meu gostoso!"

Quando estava chegando perto da casa dela, ele perguntou do nada:

"Por que você não arranca esse pau?"

Janaína deu um sorrisão e respondeu:

"Porque um dia você pode precisar dele, assim como um montão de gente já precisou."

Daniel fez o sinal da cruz dizendo "Deus me livre".

"Mas quem me dera", respondeu Janaína dando uma gargalhada.

12

Daniel passou a ir ao trabalho de Kombi nos fins de semana pra faturar uma grana com os garçons que iam com ele. Agora era um dos homens de confiança da cooperativa que prestava serviços de garçons e atendentes para a casa de shows. Quando aconteciam eventos em que o público ficava em pé e o serviço dos garçons não era necessário, Daniel e outros mais antigos comandavam os bares improvisados espalhados pela casa. Nesses, além dos tíquetes, eles também trabalhavam no sistema de venda direta. O cliente dava o dinheiro e eles entregavam os produtos. Simples assim.

Os bares não davam conta de atender tantas pessoas, e a confusão era certa. Ficava um montão de gente aglomerada em volta do balcão pedindo bebida, e quem conseguia ser atendido já saía serelepe de volta para a pista de dança. Daniel passou a usar a confusão a seu favor. Como as latinhas não podiam sair do bar, primeiro ele pegava o dinheiro do cliente, depois despejava a bebida num copo descartável e entregava pro cliente, e só aí ia até o caixa pegar o troco. Na maioria das vezes, a pessoa ia embora antes que ele retornasse. Às vezes, alguém voltava, e Daniel devolvia o troco pra não chamar a atenção do gerente.

Era muito fácil ganhar dinheiro comandando os bares. Daniel chamava os atendentes para uma reunião antes de começar o show e explicava como tudo funcionava. Ele sabia que todo mundo ali gostava de dinheiro, então não era difícil montar seus esquemas.

"Tem muita maneira da gente ganhar um bom dinheiro por fora. Vamos juntar todas as garrafas de água mineral com tampa pra fazer o gloob gloob. Não tem mistério. Quando o cliente pedir, é só encher o copo dele e guardar as garrafas. Depois a gente põe tudo no cantinho onde já vamos deixar os baldes cheios com água da bica. Quando o movimento der uma tranquilizada, é só afundar as garrafas sem tampa nos baldes e gloob gloob. Aí a gente vende pros clientes como se fosse água mineral, ok?"

"Ok!"

Daniel seguia explicando os esquemas como se tivesse inventado aquilo tudo. A rapaziada prestava a maior atenção no que ele falava, como se fosse um mestre da arte de se dar bem.

"Se alguém quiser uma dose de uísque, vamos usar o dosador que eu trouxe, que só tem trinta e cinco mililitros. De cada garrafa que a gente vende, esse dosador desvia dez doses. Só com isso já dá mais do que duas diárias nossas. E podem deixar que eu vou ficar no caixa e ajudo no atendimento."

Assim que a casa abria, eles começavam os trabalhos sob comando do Daniel. O começo era meio devagar, mas quando a banda subia no palco a coisa ficava séria. Ninguém queria perder um segundo do show nem ficar sem bebida. Então era hora de faturar, tá ligado?

No fim do show eles arrumavam tudo pra devolver as mercadorias para o depósito. O almoxarife conferia, emitia uma nota para o pessoal da contabilidade com os produtos que sobravam e só depois disso eles podiam pegar o dinheiro do faturamento. Daniel sempre sabia o valor certinho que precisava devolver. Às vezes, deixava uns trocadinhos a mais, só pra ver qual seria a reação do pessoal da contabilidade, mas eles nunca devolviam o que sobrava.

O vestiário parecia banca do jogo do bicho. Todo mundo contando e dividindo a grana. Alguns faziam rateios pra devolver dinheiro quando faltava no fechamento. Outros, como Daniel, dividiam os lucros e as histórias sobre os esquemas realizados.

Era muito engraçado quando todo mundo se encontrava na praça de alimentação do shopping vizinho à casa de shows. O pessoal da recepção, os seguranças, os maîtres e outros funcionários faziam seus lanches nas melhores lojas de fast food, enquanto os atendentes e os garçons só olhavam e diziam: "Tô sem fome, acabei de comer".

Quando acabava o primeiro dia de trabalho do fim de semana, era só fartura. Os atendentes e os garçons marcavam pra beber no posto de gasolina depois dos shows e até parecia que eram os verdadeiros patrões. Muita nota rolando e risadas. Todo mundo dizia que tinha outro emprego pra justificar tanto dinheiro, mas os esquemas não eram segredo pra ninguém. Só que ninguém falava nada, era cada um na sua.

13

Uma mulher apareceu no ponto final das vans em Santa Cruz perguntando como fazia pra chegar no cemitério de Campo Grande. Linda demais, muito bem-vestida e cheirosa, parecia uma madame bem rica. Pobre sabe, ou pelo menos acha que sabe, quando a pessoa tem dinheiro.

Rapidinho o Deputado abriu a porta da frente dizendo que ela tinha encontrado a pessoa certa. Eles a levariam até lá com toda a segurança e atenção.

"Obrigada, mas vamos logo porque estou meio atrasada."

Daniel entrou na Kombi e disse que ia dar uma acelerada para que ela não se atrasasse. Ficaram curiosos tentando imaginar qual seria a história daquela mulher.

"Não põe mais passageiro aqui na frente não, Deputado. Aqui agora é vip."

A mulher deu um sorrisinho sem graça. Em seguida, atendeu o telefone e não parou mais de falar. Daniel já estava inquieto esperando a ligação acabar pra puxar assunto, mas não conseguiu porque ela parecia muito preocupada.

Quando a Kombi passou pelo Vilar Carioca, todos os passageiros já tinham descido, então eles seguiram direto para o cemitério de Campo Grande. Mas não teve conversa ou aproximação com a dona, como ele havia planejado. Assim que chegaram na porta do cemitério, ela pediu pra Kombi parar, deu uma nota de vinte e saiu correndo, dizendo que não precisava do troco. Daniel olhou para a cara do Deputado sem entender nada e, quando se preparava pra dar a partida, viu que ela tinha deixado a bolsa no banco. Encostou a Kombi na calçada, saiu do veículo e foi correndo atrás dela.

"Moça, olha aqui a tua bolsa!"

"Meu Deus, muito obrigada. Você salvou a minha vida. Me fala o teu telefone que depois te ligo pra agradecer."

"Toma aqui o meu cartão. Pode ligar a qualquer hora que precisar."

Ela pegou o cartão, deu um beijo no rosto dele e saiu correndo para dentro do cemitério.

Daniel voltou para a Kombi e os dois começaram a arriscar palpites sobre a mulher. O Deputado disse que já tinha escutado uma história de que aconteceu algo parecido com o pessoal que trabalha na madrugada, e que a mulher que pegou a Kombi dos amigos dele tinha morrido fazia dois anos.

"Como eles sabem que a mulher já tinha morrido?"

"Sei lá, acho que viram depois o jazigo dela."

Os dois foram conversando até o ponto final, sem chamar mais passageiros. Assim que chegaram, deram de cara com o estacionamento lotado de gente. O Deputado odiava levar quem estava vindo do mercado, cheio de sacolas. Dito e feito. Assim que ele abriu o porta-malas, uma senhora começou a socar as compras lá dentro.

"Calma, moça. Tem que deixar espaço pras outras pessoas colocarem as sacolas também."

A senhora ignorou o pedido e continuou socando as sacolas e, pra deixar o Deputado ainda mais irritado, ainda levou mais duas crianças no colo.

"Calma, Deputado. O que é nosso tá guardado. Fazer o bem é bom, que Deus dá em dobro. Eu também já tive que carregar sacola de mercado nas Kombis. Eu odiava, mas faz parte."

O Deputado foi resmungando até a hora da senhora descer. Cobrou mais uma passagem por conta das crianças no colo, a mulher disse que não ia pagar e Daniel Piloto interveio, dizendo que estava tudo bem. Tinha que ter muita paciência com os passageiros, lidar com público era assim mesmo. Daniel não queria se estressar com bobagem.

No fim do dia, na hora de contar as passagens pra pagar a comissão do Deputado, Daniel lhe deu uma passagem a mais pra ver se desamarrava aquele bico. Uma passagem a mais ou a menos não faria diferença na vida de nenhum dos dois.

Daniel deixou o Deputado em casa e foi para o posto de gasolina abastecer. Enquanto esperava na fila do GNV, como de costume, aproveitou pra limpar a Kombi. Depois que terminou de lavar os vidros e passar o pano por dentro, foi arrumar o porta-malas. Na hora em que foi ajustar o pneu reserva, que estava meio solto, encontrou ali uma sacola de mercado perdida. Rapidamente olhou o que tinha dentro e deu de cara com uma peça inteira de carne, e era carne da boa, tipo aquelas que ele conseguia na época em que trabalhava na pensão do Mazola e fazia churrascos com os amigos.

Daniel ligou para o Deputado e pediu para ele não sair de casa porque queria tratar de um assunto especial. Pegou uns fardos de refrigerante que tinha guardado em casa, passou no bar de um amigo pra trocar por algumas cervejas, comprou carvão e chegou na casa do Deputado com a surpresa mais inesperada do dia.

"Olha isso, Deputado. A moça de quem você reclamou o dia todo fortaleceu com essa carne e vamos comer um churrasco da melhor qualidade por conta dela. Agora vê se melhora essa cara de bunda e vamos comemorar."

14

A prefeitura começou a implicar com o pessoal do transporte alternativo e muitas Kombis foram apreendidas. Só dava pra trabalhar igual gato e rato. No meio daquela rotina de entra e sai de passageiros, fuga da fiscalização do Detro e desvio dos buracos, o telefone do Daniel tocou e ele atendeu meio que no automático, achando que era ligação dos amigos que trabalhavam de moto seguindo o carro da fiscalização pra avisar as Kombis.

"Alô, dá o papo."

"Oi, bom dia, sou eu, a mulher que esqueceu a bolsa na sua Kombi. Você se lembra?"

"Claro. Aguardo essa ligação desde o momento em que te dei meu cartão."

"Pois é. Eu tava enrolada com outras coisas aqui no trabalho e não consegui ligar antes."

"Tudo bem. Mas pelo menos você ligou agora."

"Onde posso te encontrar antes da hora do almoço?"

"Hoje?"

"Sim. Se você puder, é claro."

"Pode ser em Campo Grande ou Santa Cruz ou até no Japão. É só falar que largo tudo aqui e vou correndo."

"Pode ser Santa Cruz, então. Ali onde peguei a Kombi com você?"

"Pode ser!"

"Isso. Meio-dia tá bom?"

"Perfeito. Qualquer coisa me liga."

"Tá bom, querido! Tchau."

O sorriso dele foi de orelha a orelha. Avisou o Deputado que iriam parar na hora do almoço e que talvez demorasse um pouco pra voltar para o ponto final das vans. Daniel ficou todo empolgado com a possibilidade de uma tarde de amor com a bela dona do cemitério, tá ligado? Só que, para surpresa dele, assim que chegou no shopping a dona estava lá, mas não tinha ido sozinha. Com ela havia uma equipe de jornalistas, incluindo uma repórter toda elegante de microfone na mão e um cinegrafista com uma câmera enorme.

A mulher da bolsa era produtora de um programa de TV e aquilo ali era uma espécie de "teste de honestidade". E ele tinha passado. Agora queriam entrevistá-lo ao vivo para uma reportagem sobre a corrupção no país.

Daniel ficou todo sem graça quando o pessoal da televisão se aproximou com aqueles aparatos todos. Veio uma turma da produção pedindo para ele assinar a autorização de imagem, enquanto o operador do áudio já foi passando o microfone de lapela por baixo da camisa dele. A maquiadora passou pó pra tirar o brilho do rosto e o pessoal das câmeras ajustou tudo e afastou os papagaios de pirata, procurando o melhor ângulo para a filmagem.

Enquanto ele se preparava, a moça com quem ele queria tanto uma aproximação só apareceu pra dar um oi bem discreto e se afastou depressa para cuidar de outros assuntos pelo telefone.

"Conta pra gente como é ser honesto num momento em que só se fala de corrupção no país inteiro", disse a repórter.

"Honestidade não é qualidade, é obrigação", Daniel respondeu de supetão.

"Que incrível, gente. Vocês viram só a declaração desse rapaz? Um jovem motorista de transporte alternativo que devolveu a bolsa da nossa produtora com cinco mil reais dentro."

"Tinha cinco mil na bolsa?", perguntou Daniel.

"Isso mesmo. É de pessoas como você que o Brasil precisa."

Daniel agradeceu e, apesar do nervosismo, continuou respondendo às perguntas.

"Conta pra gente como é a sua vida. O que você gosta de fazer quando está de folga?"

"Nem sei o que é folga. Quando não tô na Kombi, tô no meu outro trabalho."

"E qual é o outro trabalho?"

"Sou garçom numa casa de shows na Barra da Tijuca."

A repórter ficou ali fazendo perguntas pro Daniel durante um tempo, depois desligaram as câmeras e todos se abraçaram. Ele ficou meio sem saber o que fazer e se despediu do pessoal, já sem esperanças de encontrar a mulher bonitona de novo.

Daniel saiu dali e foi direto para o Sonho Azul, o restaurante de comida a quilo ao lado do ponto final das vans. Assim que entrou, os clientes foram se levantando, um por um, e o cumprimentando pela atitude de devolver a bolsa.

"Hoje é por conta da casa, Daniel Piloto!", gritou o dono do estabelecimento enquanto arrumava uma mesa para ele.

Aquele almoço foi maravilhoso. Todo mundo que passava por ele parava e fazia um elogio. Até o pessoal das outras linhas veio parabenizá-lo. Aquela sensação de admiração do povo mexeu com Daniel. Ser reconhecido e admirado é uma coisa muito boa. Sentiu também que, a partir daquele momento, seria cobrado por sua postura e atitudes. Mas a vida continua. O Deputado chegou e os dois voltaram ao trabalho.

"Tu não tá com uma cara nada feliz, Piloto. Não pegou a mulher e ainda entregou o ouro pra ela sem saber."

"Tá maluco, Deputado? Aquilo ali era uma pegadinha. Se a gente ficasse com a bolsa ia ser a maior queimação de filme."

"Agora que tu é famoso, aproveita e se candidata pra algum cargo político."

"Isso não é pra mim não. Política é pra gente rica."

O dia passou e a matéria com Daniel apareceu no jornal da tarde, no *Jornal Nacional* e ainda no jornal depois do filme. Sucesso.

15

Uma semana depois, Daniel foi cercado por alguns motoristas de Kombi, indignados com o prefeito, que queria acabar com as linhas alternativas pra favorecer as empresas de ônibus.

"Vamos lá, cara, tu tem que ir com a gente. Vai ser nosso representante. Vamos aproveitar tua fama pra pôr a boca no trombone."

Daniel, mesmo contra a vontade, acabou cedendo e foi com os outros motoristas e cobradores pra porta da prefeitura participar dos protestos. Ele já chegou cheio de moral. O palanque era em cima de um carro de som rodeado de gente, alguns com bandeiras de partidos, onde lideranças políticas discursavam e puxavam gritos de ordem. Era tanta gente que parecia até aqueles jogos intercolegiais.

Conversa vai, conversa vem, de repente Daniel foi arrastado para cima do palanque com o microfone na mão. Surpreendentemente, o povo começou a gritar o nome dele e, mesmo com vergonha e uma falta de ar que nunca tinha sentido na vida, Daniel segurou a onda e fez seu discurso. Na hora, teve a ideia de fingir que era um político e falar igual eles falam na televisão.

"Estamos aqui em nome do povo. Em nome da dona Maria que não consegue subir as escadas dos ônibus e conta com a gente pra deixar ela na porta do posto de saúde."

O povo começou a gritar palavras de ordem. Daniel bebeu um pouco de água e continuou...

"Estamos aqui pelo seu Zé, que trabalha de garçom na Zona Sul até de madrugada e não encontra ônibus pra voltar pra casa dele na Zona Oeste. Estamos aqui em nome de milhares de cariocas que precisam do nosso transporte que é alternativo justamente porque o transporte regular, que de regular não tem nada, não funciona."

"É isso mesmo!", gritou um cara da Cooperativa da Rocinha que estava ao lado dele e seria o próximo a falar.

Daniel continuou:

"Nós fazemos parte da engrenagem que move essa cidade. Se a gente não levasse os funcionários que abrem as estações de trem até o trabalho, não teria trem às quatro e vinte da manhã. Respeita a nossa história, sr. prefeito!"

Daniel saiu do carro de som sob os aplausos do público. A imprensa toda já esperava ali para entrevistá-lo.

No outro dia pela manhã, foi convocada uma reunião diretamente com o prefeito. O nome de Daniel entrou na lista das pessoas escolhidas pra participar da conversa que iria definir o futuro do transporte alternativo na cidade. Ele disse que não queria ir, já tinha perdido um dia de trabalho e tinha contas pra pagar. Só quando o pessoal de um partido político disse que pagaria o valor da diária é que conseguiram convencê-lo a ir.

A reunião foi marcada no antigo clube Primeiro de Maio, localizado no centro de Campo Grande. Daniel ficou só na dele aguardando a chegada da comitiva, que estava bastante atrasada. Daniel e o Deputado estavam cheios de fome, mas a organização do evento disse que só ia liberar os comes e bebes com a presença do prefeito.

Começou uma agitação no clube, mas Daniel não quis se manifestar nem se aproximar da confusão. Estava mesmo preocupado com a diária, querendo saber se o pessoal do partido ia pagar ou se ficaria no prejuízo. O prefeito chegou junto com o secretário de Transportes e foram os dois para o salão, onde estava tudo pronto à espera deles. A reunião começou e, no fim, conseguiram a promessa de que a prefeitura não ia mais acabar com as linhas de transporte alternativo, pelo menos naquele momento. Fariam um estudo para uma futura reforma.

"Posso lhe fazer uma pergunta, prefeito?", disse Daniel com o dedo levantado.

"Claro que pode; já está fazendo, aliás!"

"Então, enquanto os senhores não fizerem esse tal estudo pras possíveis mudanças, a gente vai poder trabalhar sem perturbação, ou vamos ter que continuar com a rotina de gato e rato com o pessoal do Detro?"

"Podem trabalhar tranquilos. Dou a minha palavra."

"Então tá bom", respondeu Daniel.

"Quando acabar isso aqui, quero ter uma conversa contigo, rapaz. Te vi na televisão esses dias. Quero uma foto com você."

Daniel sorriu, e um dos caras que foi com ele para a reunião disse:

"Aê, Piloto. Tá famosão. Até o prefeito quer uma foto contigo. Tirou onda."

"Se tu tá falando, quem sou eu pra desfalar...", respondeu Daniel.

E a reunião acabou. Tudo ali parecia jogada política. A cidade estava largada e eles precisavam de uma agitação pra promover o prefeito, sacou? Assim que os microfones foram desligados, liberaram o lanche e parecia até festa de crente. Todo mundo avançou. Daniel procurava com os olhos o pessoal que tinha prometido pagar sua diária. Mesmo sendo dono da Kombi, ele ainda tinha que repassar o dinheiro da cooperativa, que ia para a milícia.

"Olha ele ali, prefeito", disse um dos caras de terno da comitiva.

"Tá fugindo de mim, rapaz? Sou feio mas não mordo", falou o prefeito, sorrindo para Daniel.

"Que isso, sr. prefeito. Tô aqui representando as linhas de Santa Cruz a Campo Grande. Só quero trabalhar tranquilo e honestamente."

"Falou e disse. Assim é que eu gosto. Tu é dos meus, garoto. Vou pedir pro pessoal de um partido falar com você depois. Quero apoiar sua candidatura pra vereador no ano que vem. Topa?"

"Não gosto dessas paradas de política, não."

"Meu rapaz, quanto mais as pessoas não gostam da política, mais elas são governadas por quem ama, como eu."

"Entendi. Mas não é pra mim, não. Deixa eu aqui, tranquilo, na minha."

"Você é quem sabe. Toma o meu cartão. Esse aqui é o meu telefone pessoal. Se mudar de ideia ou se precisar de qualquer coisa, pode me ligar. Você agora é meu, rapaz."

Daniel foi para casa meio sem acreditar no que estava acontecendo. Imaginou um montão de coisas. Achou até que o prefeito estava dando mole pra ele. Quando contou para o Deputado, ele só fez uma pergunta.

"E o dinheiro da cooperativa?"

"Ih, cara. Depois que o prefeito falou aquelas coisas comigo perdi o cara do partido de vista. Ele disse que ia pagar, mas acabou que nem cobrei... dei mole. Mas hoje a gente acerta tudo. Se bem que nem tinha que pagar a cooperativa, já que era eu mesmo que tava defendendo os nossos direitos."

"Mas os caras da milícia não querem saber disso não. O negócio deles é dinheiro no bolso. E tu vai querer entrar na política mesmo?"

"Tá maluco. O Deputado aqui é você!"

"Dá mole não, cara. Pobre só ganha eleição se aparecer na TV. Aproveita a oportunidade."

"Vou pensar."

Depois dessa conversa, o Deputado ficou perguntando para todos os passageiros que entravam na Kombi se eles votariam no Piloto para vereador. Com a propaganda que o cobrador fazia, todo mundo dizia que sim.

"Tu vai ser meu cabo eleitoral, Deputado. Vou te levar pra trabalhar comigo em Brasília."

"Demorô. Tamo junto!"

O dia foi passando e, quando Daniel chegou em casa, dona Dorinha tinha preparado sua comida preferida.

"Frango ensopado com batata, mãe? Valeu!"

O pai estava com um sorriso tão largo que, do portão da casa, já dava pra ver o brilho do bloco de prata no pré-molar inferior.

O jantar foi recheado de elogios e especulações. Todo mundo já sabia da proposta do prefeito. Seu Ricardo ficou muito feliz com a possibilidade de ter um filho vereador, alguém com poder na família para salvá-lo das encrencas com a justiça por conta das atividades irregulares com os passarinhos. Só falaram sobre isso no jantar.

16

A realidade é que a semana passou e Daniel teve que ir trabalhar de garçom. Na televisão é tudo lindo, mas a vida é bem diferente. Na prática, não tem essa de "Deixa a vida me levar". A propósito, era dia de Zeca Pagodinho. Daniel estava todo feliz porque era um dos shows que mais dava pra arrumar dinheiro. Sem falar que assistir ao Zeca e ainda faturar uma grana não é para qualquer um.

"Olha ele aí, nosso garçom honesto!"

"Esse é meu presidente. Se você se candidatar, já tem meu voto."

Os colegas de trabalho começaram a brincar com Daniel dizendo que fariam campanha de graça. Alguns clientes o reconheceram da TV e alguns até pediram pra tirar fotos. Daniel sentiu que o pessoal que comandava a casa de shows o olhava diferente. Preocupado que toda essa atenção acabasse fazendo com que perdesse o emprego, começou a elaborar maneiras mais seguras de faturar por fora nos eventos.

Numa das resenhas no posto de gasolina com a turma do trabalho, ele se aproximou da Ericka, a recepcionista mais maneira da casa. O pessoal da recepção se achava melhor que os outros funcionários e não se misturava com garçons, atendentes e muito menos com a galera da limpeza. Mas ela às vezes aparecia por lá pra trocar umas ideias.

"Famosa Ericka…"

"Famoso Daniel. O cara mais honesto do Brasil."

Daniel ficou sem graça. Afinal, ele queria fazer uma proposta que daria um fim no que ela tinha acabado de dizer sobre ele, né?

"Honestidade é uma questão de ponto de vista, tem coisa que todo mundo faz quando o calo aperta e a oportunidade aparece."

"Como assim?"

"Tipo, todo mundo aqui é explorado pelo patrão e recebe uma diária muito abaixo do mercado. Aí você vê a galera se virando pra conseguir voltar pra casa com um valor a mais no bolso e pelo menos poder pagar uma van ou um táxi e não ter que ficar esperando um ônibus que passa quando quer, sem horário certo e sem planejamento…"

"Falou pra caramba, mas não me disse nenhuma novidade."

Daniel ficou na dúvida se falava ou não sobre uma possível parceria. Mas ele também sabia que, na vida, tudo é uma questão de risco. O máximo que ia ouvir era um não.

"Então, eu sei que vocês que trabalham na recepção não ganham lanche nem ajuda com as passagens. Também sei que a carteira de vocês não é assinada e que a patroa é terrivelmente chata e ignorante."

"Tá sabendo demais, você."

"Eu observo tudo, Ericka. Não sou bobo."

"Tô vendo."

"Que tal se a gente fechar uma parceria com riscos mínimos e arrumar uma grana boa em todos os shows?"

Ericka cruzou os braços e olhou bem direto na cara do Daniel.

"O que foi que você disse?"

Na hora que ela disse aquilo, o som baixou de repente e todo mundo prestou atenção nos dois. Daniel não sabia onde enfiar a cara, mas tentou manter a pose pra ver até onde ia a indignação dela.

"Calma, garota, eu posso te explicar."

"Acho bom mesmo, porque não acredito no que acabei de ouvir. Logo de você. Eu podia esperar isso de um montão de gente, mas do cara mais honesto do Brasil é demais pra mim. E é por esse motivo que quero aceitar e dizer que estou dentro."

"Porra, não faz isso comigo não. Morri de susto. Achei que você ia me esculhambar aqui na frente de todo mundo."

Os dois começaram a rir e comemorar a nova parceria de esquemas que acabava de surgir.

"Vamos nos afastar um pouco daqui do tumulto. Tô morrendo de curiosidade pra saber seu plano, como é que a gente vai fazer uma grana por fora nos dias de show."

Os dois saíram de perto do pessoal abraçados e sorrindo, enquanto todo mundo só observava o casal e especulava sobre como Daniel estava dando uma sorte gigantesca. A Ericka era muita areia para o caminhão dele.

"Então, pensei num esquema pra gente levantar um dinheiro de várias formas, e você vai ter um papel fundamental."

"Fala logo o que eu vou ter que fazer, Daniel."

"Tudo vai começar no primeiro show do fim de semana. Você vai separar alguns ingressos durante a noite e deixar comigo. Eu vou chamar algum amigo esperto que queira curtir, mas que não esteja disposto a pagar o valor da entrada, e em troca ele vai ficar um tempo lá fora escolhendo algumas pessoas a dedo pra vender esses ingressos."

"Mas não dá pra entrar com ingresso antigo, Daniel."

"Claro que não. Mas eles vão entrar na hora em que você estiver na portaria."

Ericka ficou um tempo em silêncio, encarando Daniel.

"Mas eu geralmente trabalho na entrada dos camarotes."

"Por isso que os ingressos vão custar um pouco mais."

"Ai, meu Deus. Achei que era alguma coisa mais fácil."

"Calma, linda. Não acaba aí. Esse amigo ainda vai continuar nos trabalhos. Eu sei que você é muito amiga de uma tiazinha que fica no caixa e ela vai ter um papel importante no esquema."

"Como assim?"

"Vou entregar pra esse amigo um bolo de tíquetes de bebidas, e ele vai dar pra ela revender no caixa. Não sei se você sabe, mas chope e refrigerante de máquina não têm muito controle."

"Como esse amigo vai pegar os tíquetes, Daniel?"

"Eu vou juntar um montão e não vou botar na urna. Vou deixar numa das cabines no banheiro, ele vai pegar e passar pra sua amiga que vai revender e ninguém vai perceber."

Ericka ficou meio assustada, mas acabou aceitando. Ela estava toda enrolada por causa da faculdade, mesmo com a bolsa integral que ganhou por ter tirado uma boa nota no Enem. Só o dinheiro que recebia das diárias não era o suficiente pra arcar com as despesas do ensino superior. Muita gente desiste quando dá de cara com a quantidade de livros que precisa adquirir, mais as passagens, alimentação e um montão de outros gastos que vão aparecendo a cada dia. Não há quem aguente sem apoio familiar, o que não era o caso da Ericka.

Os dois continuaram de papo afastados do pessoal, e, quando voltaram para a frente da loja de conveniência, a galera começou a aplaudir e a dizer que eles combinavam muito, que formavam um belo casal.

"As pessoas não podem ver um homem e uma mulher juntos que já pensam logo que estão se pegando", disse Ericka entredentes.

No dia seguinte, ela começou a juntar ingressos pra pôr o plano em prática. Daniel fez o que sempre fazia e separou um dinheiro pra dar um gostinho do que poderia rolar com a parceria. No fim do evento, ela, que sempre saía mais cedo, foi esperar Daniel no posto de gasolina. Mas, como demorou muito pra ele sair, Ericka teve que ir embora, pois não podia perder a carona com o marido da amiga que trabalhava no caixa.

Isso aconteceu porque o cara do depósito e a fiscal passaram a informação de que todos os atendentes dos bares precisavam ficar até mais tarde. Tinha rolado alguma irregularidade aquele dia. Daniel começou a suar frio. Ficou pensando no que falaria e em como lidaria com o pessoal da casa de shows. Afinal, era um cara honesto e o Brasil todo podia comprovar.

O que aconteceu, na verdade, foi que a galera do outro bar estava toda enrolada com o fechamento e aí atrasou todo mundo. Fizeram vários esquemas, encheram um monte de garrafas d'água, deram vários trocos errados, mas cada um dos três só conseguiu sair com duzentos e cinquenta reais cada. Eles se enrolaram na hora da divisão e, quando foram fechar a conta do bar com a fiscal, deu uma sobra de mais de cinco mil reais. Tiveram de ficar um bom tempo recontando o dinheiro. Até o pessoal do depósito foi chamado pra conferir o relatório do bar e, no fim das contas, aquela dinheirama toda estava sobrando e acabou nas mãos do pessoal da casa. Todo mundo ficou revoltado. Enquanto tentavam achar um culpado pelo vacilo, Daniel pediu silêncio e disse:

"Calma, galera. Tá todo mundo se ligando no papo de vocês. Relaxa. Tem gente que volta pra casa devendo. Desde pequeno, sempre ouvi meu pai dizer que a maior vergonha do mundo é a pessoa roubar e não poder carregar. Vocês passaram a maior vergonha hoje."

Os amigos começaram a rir e tudo ficou tranquilo. Ninguém nunca mais ouviu falar dos cinco mil, mas, no dia seguinte, a mesa do cara do depósito e a da fiscal estavam recheadas com as melhores comidas da praça de alimentação.

17

Dizem por aí que alegria de pobre dura pouco. Daniel acordou na segunda-feira, depois daquele fim de semana cansativo de trabalho, com a polícia batendo na porta. Os vizinhos começaram a especular, alguns já comentando que Daniel devia estar envolvido em alguma das tramoias do prefeito.

Dona Dorinha saiu de casa cheia de atitude e deu logo uma enquadrada nos policiais, dizendo que só abriria o portão se eles mostrassem um mandado expedido por um juiz.

"Mandado de cu é rola, minha senhora. Tá assistindo muito filme na televisão. Essa porra aqui é Brasil."

Quando ela tentou responder, foi interrompida por outro policial perguntando de quem era o carro estacionado na frente da casa.

"Aquele carro parece um que o meu filho tinha. O que tem de errado com ele?"

"Então a senhora pode chamar o seu filho, por favor? Precisamos que ele nos acompanhe até a delegacia."

O Gol que Daniel tinha trocado pela Kombi era dublê, ou seja, um carro clonado, e o antigo dono da Kombi havia sido preso para averiguação. Ficou algemado na sala do delegado até Daniel chegar pra explicar a real situação do veículo. O desenrolar da questão foi forte. Eles queriam saber quem tinha vendido o carro para o Daniel, pra chegar em quem estava clonando os carros, mas como Daniel não tinha mais contato com o seu Mauro, acabou tendo que devolver a Kombi e ficar no prejuízo, além de responder pelo crime de receptação.

"Tenho direito a um advogado e a uma ligação?"

"Tá assistindo muito filme americano junto com a sua mãe, hein?", respondeu o policial que acompanhava o interrogatório.

Mas liberaram a ligação. Foi aí que Daniel telefonou para quem não queria. O prefeito atendeu e disse que ia resolver o problema, mas que o Piloto ficaria devendo a liberdade pra ele, né?

Não deu muito tempo, chegou um cara vestindo um terno italiano lindão, todo sob medida, daqueles que fazem o povo gaguejar só de olhar para quem está vestindo aquela armadura de Jorge, tá ligado? O advogado resolveu tudo e Daniel saiu dali com o nome limpo, mas de "viação canela". O prefeito pediu pra ele ir quarta-feira à prefeitura para os dois acertarem os detalhes de uma possível candidatura à Câmara dos Vereadores da cidade do Rio de Janeiro. Não deu pra dizer não. Agora sem a Kombi, a solução era jogar conforme a partida. E foi assim que Daniel Lessa virou Daniel Piloto, filiado a um partido de esquerda, mas com ligações bastante duvidosas com o prefeito, que era de direita. O prefeito disse que tinha indicado um partido de oposição ao dele pra não chamar atenção. Mas o acordo era bem simples e claro: mesmo estando em outro partido, Daniel teria que apoiar as decisões do prefeito.

Quem ficou feliz com a notícia foi o Deputado. Disse a Daniel que aquele acordo estava mais do que de graça, pois ele sabia de várias histórias de candidatos que eram comprados por empresários, bicheiros, milicianos e até traficantes. Os caras bancam a campanha toda e, em troca, ficam com as verbas do gabinete, aí os parlamentares têm que montar uma equipe que aceite devolver parte da grana pra pagar o "investidor", além de atender aos interesses dos "patrocinadores". Uma prática popularmente conhecida como rachadinha.

Deputado era aposentado, não sei se já falei isso antes, e aproveitou essas férias obrigatórias pra resolver alguns problemas de saúde. Conseguiu agendar uma cirurgia de catarata com o presidente da associação dos moradores do Cesarão.

Daniel decidiu então fazer um curso de formação política pra aprender um pouco mais sobre aquele universo. Conseguiu um curso organizado por uma ONG que era uma espécie de incubadora para candidatos de diversos partidos. Daniel aprendeu um pouco sobre as funções de cada um na política, como eram os lances do TRE, das eleições, das urnas eletrônicas e tudo mais, e ainda recebia uma bolsa que ajudava com as despesas de casa e com a circulação durante a semana.

Tudo parecia muito chato, mas ele precisava estar pronto para quando os eleitores perguntassem sobre os assuntos relacionados ao cargo. Ele tinha que saber o que responder sem parecer enrolação. A melhor coisa que aprendeu nas oficinas foi falar em público. Os professores explicaram a importância de uma boa fala para pedir votos e até mesmo, quem sabe, futuros debates na televisão. Uma das técnicas era tentar falar pausadamente e treinar na frente do espelho para movimentar a boca de uma forma sempre elegante.

Durante o curso, Daniel teve várias ideias e foi anotando tudo no bloco de notas do celular. Nada passava batido. A primeira ideia que teve foi mandar fazer uns adesivos dizendo: "Daniel contra os leões — Em breve!". Virou moda. Todas as Kombis da Zona Oeste colaram o adesivo no vidro de trás. O Deputado ajudou um bocado na missão. Muitos donos de veículos faziam ideia do que se tratava, mas, como os adesivos eram maneiros e de graça, o povo nem queria saber.

Como ele só trabalhava nos fins de semana como garçom, passou a se dedicar integralmente à pré-campanha. Na sequência, mandou fazer coletes para os mototaxistas de diversos pontos da cidade. Mas a grana que ganhava e a bolsa que o prefeito deu não eram o suficiente pra bancar os gastos. Adesivos, camisas e bonés, tudo isso extrapolava o orçamento. Foi então que ele achou melhor alugar uma Kombi, pois assim teria mais contato com possíveis eleitores e ainda ganharia um extra.

Daniel só conseguiu arrumar uma van na linha Coelho Neto × Campo Grande. Ele devia ter a CNH categoria D, mas o dono da van disse que dava pra trabalhar tranquilo, era só ficar atento ao grupo de WhatsApp da cooperativa, porque as informações sobre a fiscalização eram atualizadas o tempo todo pelos motociclistas que seguiam os carros do Detro e informavam o local das abordagens.

O fiscal mais temido da cidade era o Minotauro. Quando os motoqueiros mandavam áudio informando a localização do cara, era desespero total. Com o Minotauro não tinha conversa, não tinha arrego nem desenrolo. Ele não era como uns e outros que aceitavam propina. Podia ligar para o amigo policial, para o tio general ou até para o sogro juiz. Com ele era tiro, porrada e bomba. Literalmente tiro nos pneus, tapa na cara e passageiros na rua. Sem exagero.

A linha era uma maravilha. Daniel saía de Campo Grande com a van quase cheia e acabava de lotar no West Shopping, depois alguns passageiros iam descendo e outros subiam até a Vila Kennedy. De resto, era só acelerar e ficar de olho no WhatsApp. Na volta era mais fácil ainda. Os passageiros se estapeavam pra arrumar uma vaga na van. Ele só precisava esperar o metrô chegar, abrir a porta, lotar o carro e partir para o abraço. A linha era tão boa que alguns pilotos nem queriam trabalhar com cobradores. Instalavam aquelas campainhas que gritam os destinos, paravam nos pontos e seguiam cobrando e dirigindo como a maioria dos ônibus faz na cidade do Rio de Janeiro.

Mas com Daniel isso não mudou. Ele preferiu trazer seu companheiro fiel. O Deputado ficou feliz com a ideia, porque aquele negócio de só acompanhar o Piloto nas palestras e eventos políticos era meio chato. Durante as viagens, o Deputado sempre arrumava um jeito de falar para os passageiros da candidatura do Piloto. E sempre tinha alguém que o reconhecia e a van virava uma espécie de comitê ambulante. As pessoas perguntavam se ele era de esquerda ou de direita, se era coxinha ou mortadela, conservador ou comunista. Mas Daniel sempre se esquivava, pois sabia que se escolhesse um lado perderia muitos eleitores. O país estava dividido e não era jogo ficar se envolvendo naquela confusão.

Uma vez, no meio de uma discussão sobre quem era melhor para o país, uma gritaria começou do nada no grupo da cooperativa.

"Minotauro na avenida Brasil sentido Campo Grande!"

"Onde, onde, onde?"

"Minotauro tá em Guadalupe, na avenida Brasil sentido Campo Grande. Eu falei avenida Brasil sentido Campo Grande. Atividade, pilotos."

O corre-corre na avenida Brasil começou. Tinha uma van da linha Coelho Neto × Santa Cruz na frente do Daniel e outra que não dava pra identificar. Só sei que os passageiros começaram a gritar para o piloto correr porque até eles conheciam a fama do Minotauro. O trânsito estava meio parado, como sempre naquele horário de início da noite. A solução foi correr pelo acostamento. Foi quando alguém lá de trás gritou para o Piloto entrar na Via Transolímpica, mas tinha um passageiro muito atrasado para um casamento, parece que era um dos padrinhos e só faltava ele para o início da cerimônia.

"Essa van vai passar por Bangu mesmo? Eu preciso ficar em Bangu. Tá todo mundo me esperando pra festa. Que lugar é esse que vamos passar? Minha prima tá perguntando aqui no WhatsApp."

Foi nessa hora que as duas vans da frente entraram na Transolímpica e o Piloto, que já estava com o Minotauro colado na traseira, decidiu entrar também.

O Minotauro tentou ultrapassar a van do Daniel, mas o Piloto foi valente e ficou fazendo zigue-zague na frente do carro do Detro. As outras vans estavam bem perto e Daniel sabia que, se o Minotauro conseguisse ultrapassar, ia acabar pegando as três de uma vez só.

O grupo da cooperativa seguia bombando. As vans voando na Transolímpica, o carro do Minotauro buzinando e ele já com a metade do corpo pra fora com uma arma apontada para o Piloto. Os motoqueiros iam seguindo o carro do Minotauro e informando tudo ao vivo no grupo do WhatsApp. Quando chegaram na saída que dá acesso a Sulacap, as duas vans da frente desceram a mil para a saída. Daniel foi atrás, mas no último minuto puxou a van de volta para a pista e conseguiu se esquivar do Minotauro, que desceu como uma flecha na direção dos outros carros.

Os passageiros começaram a gritar de alegria. Daniel transpirava como uma cachoeira. O Deputado ficou mudo. Assim que a van chegou no pedágio, os passageiros organizaram uma vaquinha e fizeram questão de pagar os pedágios da ida e da volta. Um pedágio absurdo de caro, já que a via corta apenas alguns bairros, mas isso é outro esquema que nem cabe aqui.

Assim que a van pegou a primeira saída pra voltar em direção à avenida Brasil, o telefone do cara que ia para o casamento tocou e alguém do outro lado da linha perguntou onde ele estava.

"Alguém sabe onde a gente tá agora?"

"Jacarepaguá", respondeu o Deputado.

O silêncio na van foi tão grande que deu pra todo mundo ouvir a pessoa do outro lado da linha gritando.

"ja-ca-re-pa-guá?"

O Deputado pegou o telefone da mão do passageiro e explicou a situação. Depois o Piloto correu um bocado pelo acostamento da avenida Brasil e conseguiu deixar o passageiro em Bangu e o restante dos passageiros nos seus respectivos destinos. Já o Minotauro apreendeu as duas outras vans. Os motoqueiros ficaram de longe filmando a ação pra mandar no grupo e Daniel Piloto nunca mais trabalhou no transporte alternativo outra vez.

18

Honestidade não é pra qualquer um. E, por causa disso, as pessoas começaram a chamar Daniel para dar palestras em eventos. Ele nem sabia como fazer uma palestra, mas ficou dias assistindo às talks do TEDx Laçador no YouTube e foi assim que conseguiu montar sua própria palestra, contando episódios da sua vida.

As escolas de ensino médio, as universidades e as empresas começaram a encher a caixa de e-mail dele com convites. De tantas palestras, Daniel voltou a aparecer na televisão. Foi convidado para dar entrevistas em vários programas de TV e seu público foi crescendo cada vez mais.

O Deputado teve de aprender a lidar com computador, e-mail, fotos no celular e a usar as redes sociais do Daniel Piloto para ajudar nas apresentações. Toda vez que alguém entrava em contato solicitando a participação do Daniel em algum evento, o Deputado sempre arrumava um jeito de conseguir cachê ou pelo menos ajuda de custo.

Por causa das aparições na TV, Daniel também saiu em alguns dos maiores jornais do Rio de Janeiro e, a cada dia, suas redes sociais cresciam mais e mais, até que passaram da casa do milhão. O partido chamou o Daniel para uma conversa e disse que usaria todos os recursos que tinha na candidatura dele. Apesar de antigo, o partido não tinha nenhum vereador eleito na cidade. Uns professores e uns sindicalistas tentavam ganhar as eleições fazia algum tempo, mas sem sucesso.

Com a nova regra que obrigava os partidos a terem uma determinada quantidade de mulheres candidatas, Daniel ficou com a missão de arranjar umas senhoras, só pra cumprir as exigências do TRE. Aquela parte foi fácil. Ele falou com o Deputado, que conseguiu umas irmãs da igreja pra pôr os dados e a foto para a urna eletrônica. O problema foi que uma das mulheres não quis devolver a grana que caiu na conta dela. O dinheiro era verba de campanha, e o combinado era ela sacar, ficar com 10% e entregar o restante ao pessoal do partido. Mas essa tia não devolveu e, como o sobrinho dela era envolvido com o pessoal da milícia local, ficou por isso mesmo.

Os caras do partido ficaram furiosos com Daniel e, como a grana esperada para a campanha foi menor do que eles contavam, mandaram rodar só cinco mil panfletos com uma foto do Daniel toda torta, ao lado de um candidato rival do prefeito.

"E agora, Deputado? Como é que eu vou pôr esses panfletos na rua com a foto desse cara do meu lado?"

"Liga pro prefeito e pede uns santinhos só com a sua foto. Explica a situação."

"E o que eu digo pros caras do partido?"

"Diz que queria um santinho só com a sua foto. Sei lá, inventa uma desculpa."

O prefeito mandou entregar cinquenta mil panfletos só com a cara e o número do Daniel Piloto. As cores eram bem vivas e as frases, perfeitas. Todas tiradas de falas dele nas entrevistas. O Deputado ficou com a tarefa de montar a equipe para trabalhar na campanha, então o time era formado por parentes e amigos dele, além do pessoal que o partido mandou pra fazer a cobertura de audiovisual e fotos.

A equipe de marketing chamou Daniel pra gravar um vídeo para o programa eleitoral gratuito. Daniel ficou todo eufórico ensaiando com o Deputado a fala dele para aparecer na televisão e alcançar uma grande quantidade de pessoas. Chegaram no estúdio e deram de cara com uma fila de candidatos que também iam gravar o programa. Daniel achou até bom esperar, pois assim teria oportunidade de assistir ao que os outros candidatos estavam falando e isso o ajudaria a fazer uma fala diferente, tá ligado?

Cada pessoa que entrava na sala pra gravar demorava em média uns dez minutos, até que chegou a hora dele. Daniel entrou junto com o Deputado, e um produtor pediu para ele se dirigir até um espaço revestido por um pano verde. Tinha uns quatro canhões de luz na direção dele.

"O senhor olha pra câmera, diz seu nome e seu número, por favor, tá?", falou um cara sentado numa cadeira ao lado da câmera.

Daniel ficou meio nervoso e pediu um copo d'água antes de fazer o que o diretor tinha pedido.

"Vamos lá, candidato?"

"Bom dia, meu nome é Daniel Piloto e o meu número é..."

"Corta!"

"O que houve, diretor?"

"Eu mandei o senhor dizer apenas o seu nome e o seu número, nada de bom dia, boa tarde e boa noite. Nome e número apenas, senhor candidato!"

"Tá bom, mas não precisa falar assim comigo, tô aqui trabalhando igual a você."

O diretor resmungou e mandou a equipe se preparar.

"Luz, câmera, ação!"

"Meu nome é Daniel Piloto e o meu número é 26 123."

"Corta!"

Daniel bebeu mais um pouco de água, arrumou o cabelo, voltou para a marcação e se preparou para continuar a gravação.

"Próximo!", gritou o diretor enquanto olhava para as imagens na câmera.

O Deputado perguntou para o sujeito que estava segurando o microfone se era assim mesmo, rápido, ou se depois teria mais gravação.

"Ele até que demorou, tem candidato que só fala o número."

Daniel saiu dali puto da vida, reclamando com o Deputado, que caiu na gargalhada. Tinham esperado aquele tempo todo só pra falar o nome e o número na frente das câmeras. O Piloto ligou para o presidente do partido revoltado, mas o cara disse que é assim mesmo, e que tempo de televisão é só pra partido grande e candidato rico. A solução foi fazer o que podia. Trabalhar muito e ir ao máximo de lugares possíveis para ter uma boa visibilidade, já que recursos para a televisão seriam difíceis de conseguir.

A equipe que ia trabalhar na campanha começou a ser montada, e os amigos e as amigas que trabalhavam com ele na casa de shows foram convocados pra fazer parte do time. Como a Ericka já estava mais habituada com os esquemas, ficou sendo a pessoa de confiança do Deputado. Ajudou a montar a equipe e a estratégia da campanha, a realizar os pagamentos e também meteu a mão na massa.

Um dos sobrinhos do Deputado fazia parte de um grupo de pichadores, então ele chamou seus aliados pra ajudar. A maioria já tinha emprego, mas confiava e queria muito eleger o Daniel Piloto.

A missão agora era gastar os 3S: sola, suor e saliva. Sem folga. Qualquer lugar da cidade em que alguém mandasse uma mensagem solicitando a ida dele, lá estava a equipe distribuindo os santinhos, colando adesivos nos portões, amarrando placas nos postes e sacudindo as bandeiras, enquanto Daniel trocava ideia com o povo sobre os projetos.

Como o TRE não pisa nas favelas, mesmo que seja proibido espalhar placas com propaganda política nos postes, a briga por espaço é feia. A maioria das placas é deixada na altura limite das escadas, mas com a ajuda do sobrinho do Deputado e dos amigos pichadores, que já tinham o costume de escalar, as placas com a foto do Daniel Piloto sempre ficavam no ponto mais alto dos postes. A turma da pichação subia além do último degrau da escada, como se estivesse escalando um coqueiro. Essa galera entende de marketing visual. Eles escolhiam bem os locais, então as placas da campanha se destacavam nos bairros e favelas por onde Daniel Piloto passava. O problema ia ser na hora de tirar elas dali, pois a maioria tinha uma surpresa atrás. Os pichadores deixavam suas marcas nos muros antes de pôr as placas, pois sabiam que a eleição ia acabar, mas as marcas ficariam.

Teve um dia que eles foram fazer campanha num bairro, mas tiveram que sair correndo, porque o local era dominado por uma milícia que tinha seu próprio candidato. Ericka estava falando no microfone, andando ao lado da Kombi, que, além de carregar a equipe, era usada como carro de som. De repente, chegaram dois caras de moto e um deles disse que era pra desligar o microfone. Ela não deu atenção e continuou falando que a solução para a cidade era o Daniel Piloto. Um dos caras chegou mais perto e disse que ia meter a porrada se ela não desligasse o microfone, entrasse na Kombi e fosse embora dali. O restante da equipe já tinha entendido que era hora de se mandar, mas ela continuou, desafiando os caras, até que um deles chegou no motorista e disse bem assim:

"Se você não desligar esse som agora, a sua Kombi vai virar peneira."

O motorista desligou na hora, mas a Ericka ficou tão bolada que entregou o microfone para o motorista, se aproximou dos caras e começou a gritar na frente deles com o celular ligado no estilo selfie, filmando tudo o que falava.

"Então vocês batem em mulher? É isso mesmo?"

Os caras tentaram sair da frente do celular, mas ela ficou caminhando na direção deles gritando:

"Ô lê lê
Ô lá lá
O Piloto vem aí
E o bicho vai pegar!"

Os caras saíram dali, mas fizeram sinal de arminha com as mãos para ela, e então aquele gesto passando o polegar pelo pescoço em sinal de morte.

Depois daquilo, ninguém mais quis a Ericka na campanha. Ela passou a ficar no escritório, tocando a administração e cuidando do pagamento dos fornecedores e da galera que trabalhava na rua.

A cidade não é só partida, como diz o livro do Zuenir Ventura, ela é fatiada pelos parlamentares. Cada área é controlada pelos respectivos políticos, todo o aparelho e todas as políticas públicas são distribuídas para as pessoas que controlam o curral eleitoral.

Muita gente achava que Daniel seria um problema. Inclusive, ele chegou a receber algumas ameaças, mas, para a sua sorte, a maioria dos grandes políticos de carreira não levava muita fé na ascensão dele. Muitas outras subcelebridades já haviam tentado uma vaga, mas as pessoas do Rio de Janeiro não dão muita bola para isso nas eleições. Para se eleger por aqui tem que gastar muito dinheiro, fazer propaganda, ter uma equipe enorme panfletando e oferecer muita coisa em troca do voto. Pobre não vota em pobre, tem que chegar de carrão e mostrar que está bem na fita.

19

Não é fácil passar o dia todo falando com as pessoas, tentando converter carisma em votos. Fazer a pessoa gravar seu número é outra questão. O discurso de Daniel era quase sempre o mesmo. Ele dizia que não era político, mas queria ajudar a guiar a cidade da mesma forma que pilotava as Kombis. Daniel bebeu muita água nas mangueiras que o pessoal usa pra lavar as calçadas e os carros, beijou muitas senhoras idosas e carregou centenas de crianças no colo na hora da foto. Tudo como manda o figurino. Com muita música e sorriso, enquanto ele e sua equipe passavam pelas ruas cantando:

"Ô lê lê
Ô lá lá
O Piloto vem aí
E o bicho vai pegar!"

Teve uma vez que o bicho pegou mesmo. Daniel tinha ido atrás de um amigo garçom que trabalhou com ele na casa de shows e tocava uma ONG na Favela do Barbante, em Campo Grande. O amigo se chamava Jefinho, mas o Deputado não foi muito com a cara do sujeito, que fez pouco-caso quando pediram ajuda pra bancar alguns adesivos para a campanha. Naquela hora, apareceu um garoto de uns dez ou doze anos, sei lá, se aproximou do Daniel e disse que queria dar uma cabeçada no Piloto.

"Dá a cabeçada aí, então!", disse o Daniel enquanto projetava a cabeça na altura do garoto, mas rezando pra ficar só na ameaça do anjinho, tá ligado?

O garoto deu uns três passos para trás, olhou pra cara de todos que estavam ao redor esperando e observando o que ele estava fazendo, depois deu uma corrida e meteu uma cabeçada tão forte que o Daniel Piloto quase caiu pra trás de tão tonto que ficou. Daniel segurou a onda, fingiu que não estava com a cabeça doendo pra caramba, olhou para o diabinho e disse:

"Dá outra!"

O menino olhou os amiguinhos, disfarçou e saiu correndo dali com a mão na testa e chorando. Daniel olhou para os eleitores e apoiadores e declarou:

"As crianças são o futuro do Brasil!"

Na hora que eles foram embora do Barbante, a Kombi não quis pegar. O Deputado pediu ajuda do Jefinho pra empurrar o veículo, o cara até ajudou, mas ficou resmungando.

"Trabalhar pra pobre é pedir esmola pra dois!"

A Kombi pegou e Daniel agradeceu ao Jefinho e ao restante do pessoal da favela.

"Tamo junto!", gritou Jefinho enquanto cruzava os dedos da mão e fazia o sinal da cruz.

As rodas de conversa para as quais Daniel era convidado não rendiam muito. Tinha um monte de gente tentando se promover, falando sobre a própria vida, quase não sobrava tempo para Daniel falar, e dificilmente ele tinha que responder alguma pergunta. Foram três meses de muito empenho. Ele inclusive não trabalhou na casa de shows em nenhum dia da campanha. Era conversa com o pessoal do crime organizado, com pastores, com professores e com o pessoal da academia, que achava que sabia tudo da cidade através dos livros.

O prefeito estava em segundo lugar nas pesquisas para a reeleição e já andava preocupado com a possibilidade de perder o comando da cidade, até que vazou um vídeo do concorrente batendo na esposa. O cara automaticamente caiu nas pesquisas e o prefeito assumiu a liderança. Nesses casos, a gente prefere o corrupto.

Faltando uma semana para a eleição, a coisa ficou tensa. Ninguém queria perder votos, e os candidatos estavam cobrando resultados e empenho das equipes, tá ligado? A equipe do Daniel Piloto estava trabalhando igual aos cobradores de Kombis que disputam passageiros no tapa. Literalmente.

Foi num dia que passou uma carreata gigante de um político rico e antigo da região no sinal de trânsito onde a equipe do Daniel estava panfletando e bandeirando, ali na paz de Cristo. A galera respeitou e deixou a carreata passar na boa, e ainda interagiu amistosamente com as pessoas que estavam sacudindo as bandeiras com os corpos pra fora dos respectivos veículos.

Tudo seguiu na harmonia até passar a última van da carreata. Um cara que estava na porta puxou a bandeira da mão da Ericka, que tinha voltado às ruas. Nessa última semana de campanha, o bonde todo foi convocado pra ajudar a panfletar e bandeirar. Quando Ericka percebeu que o cara tinha puxado a bandeira, saiu correndo atrás da van, puxou o sujeito pra fora do veículo e meteu a porrada nele.

Os amigos desceram da van e o pau comeu. Parecia até briga de torcida organizada. Era bandeirada de cá, panfleto voando de lá, voadoras, tapas e pontapés e tudo como manda o figurino, né? A sorte da equipe do Daniel foi que o resto da carreata já tinha ido embora e a van não conseguiu se comunicar com os outros carros. Os vídeos da briga foram parar na internet, mas isso acabou favorecendo Daniel Piloto, pois, como todo mundo sabe, aqui no Brasil as pessoas gostam de uma confusão, e em quanto mais polêmicas a pessoa se envolve, mais votos ela ganha.

No dia da eleição, o prefeito mandou uma grana para o pessoal trabalhar na boca de urna. Essa atividade também é proibida, mas todos os candidatos mandam sua tropa panfletar e conseguir os votos dos indecisos.

Já na madrugada, o Deputado passou de carro com o sobrinho e os amigos jogando panfletos bem próximo aos colégios onde acontecem as votações e perto dos pontos de ônibus. Tem muita gente que pega o papel de qualquer candidato no chão e sai votando, mas também tem muita gente que adora determinado candidato, não sabe o número e se convence a votar em outro no último minuto. A coisa beira o absurdo.

A Polícia Civil fez algumas rondas pelos colégios eleitorais, mas não prendeu ninguém: só queriam atrapalhar o trabalho de quem fazia a boca de urna para os candidatos que não tinham pagado o arrego deles.

Na hora em que Daniel Piloto foi votar, bateu de frente com um pessoal que o Deputado tinha contratado e que estava panfletando santinhos de outro candidato. Quando foi tirar satisfação com um dos caras, percebeu que ele tinha panfletos de uns quatro sujeitos diferentes.

"Tá de sacanagem, irmão. Te chamei pra trabalhar com a gente e você tá enrolando com panfletos de mais três candidatos aí?"

O cara ficou todo sem graça, mas deu uma resposta bem desaforada.

"Você quer o quê, irmão? Vocês enganam a gente, a gente engana vocês. É assim que as coisas são."

Daniel ficou revoltado e tomou todos os panfletos do cara. O sujeito tinha em cada bolso da bermuda um bolo de panfletos e, nas mãos, a metade virada para a frente tinha o rosto de um candidato, e a outra metade o de outro.

"Como você escolhe qual panfleto vai dar pra pessoa?", Daniel perguntou, por curiosidade.

"Qualquer um. Se a pessoa disser que prefere algum dos que eu tenho, tiro do bolso e fortaleço o que ela quer. Afinal de contas, o cliente tem sempre razão."

Dia de eleição é uma loucura. Outro grupo de pessoas que estava trabalhando na campanha do Daniel foi preso, todo mundo levado na mala de um carro preto que passou recolhendo geral por causa da boca de urna. Mas não foram levados para a delegacia, passaram o dia trancados no quarto de uma casa no meio de um matagal. As famílias se desesperaram, foi um corre-corre, e o pessoal foi liberado no fim do dia, depois de terminada a votação. Eles foram sequestrados por um grupo que trabalhava com os políticos da região e que não queria boca de urna dos outros candidatos.

20

Daniel Piloto foi um dos vereadores mais votados da cidade. O povo abraçou mesmo suas ideias. Surpreendentemente, Daniel teve apenas cinco mil votos onde nasceu e cresceu, mas a culpa não foi dele. Na área em que morava, alguns padrinhos sempre conseguiam fazer uma praça ou asfaltar umas duas ruas antes das eleições, e deixavam a promessa de terminar a obra depois de eleitos. Claro que só ficava naquilo e, nas eleições seguintes, o asfalto ia para mais duas ruas enquanto as primeiras já estavam cheias de buracos outra vez.

Mesmo assim, teve festa na favela. Piloto saiu em carro aberto, prometendo dar jeito na política. Postou vídeos ao vivo agradecendo os votos e dizendo que o país estava no caminho certo. Da eleição até o dia da posse, apareceu parente de tudo quanto era lugar querendo favores e valores. O partido decidiu quem seriam as pessoas que trabalhariam no gabinete, mas Daniel conseguiu uma vaguinha para o seu fiel cobrador, o Deputado. O restante do pessoal da campanha, inclusive a Ericka, ficou de fora das nomeações prometidas. É que ele ficou tão eufórico com a vitória que acabou não lutando por todos. Mas para Ericka ele prometeu criar um projeto social, disse que ia mandar os recursos e apresentaria algumas empresas para ajudar. Só que ela não gostou da ideia, mandou ele se fuder e saiu batendo a porta e xingando todo mundo.

Ericka prometeu vingança e disse que ia provar para o Brasil todo que ele não era o que as pessoas pensavam. O Deputado tentou acalmá-la, mas não conseguiu. Daniel disse para ele não esquentar a cabeça, eles teriam muitas coisas pra se preocupar de verdade dali em diante.

No dia da posse, preparou um discurso bonito para ler na plenária. Seus pais foram assistir, e seu Ricardo até pôs um terno que pegou emprestado com um amigo que tinha virado obreiro da Igreja Universal.

Assim que Daniel desceu do púlpito, um vereador mais antigo que havia sido reeleito deu um tapinha no ombro dele e disse:

"Sabe de nada, inocente. Aqui quem manda somos nós, os antigos."

"Não sei mesmo, não. Tô aqui pra aprender. Mas ninguém precisa saber disso, né?"

"Gostei de você, garoto. Sabia que aquela pose de salvador da pátria era tudo fachada."

"Todo mundo tem seu preço, colega. Tô aqui pra somar."

O vereador saiu com um sorriso na cara, porque tudo o que ele não queria era mais um vereador novo com sangue nos olhos.

Nos primeiros dias, tudo era novidade. Daniel não faltava a nenhuma plenária e sentia que já estava se tornando um político profissional. Uma semana depois da posse, estava conversando com seus assessores quando o prefeito entrou na sua sala.

"Meu garoto! Eu sabia que você não ia me decepcionar. Quando bati os olhos em você, falei que daria um ótimo vereador. Vem cá me dar um abraço."

Daniel sorriu meio sem graça, enquanto um dos seus assessores, indicado pelo partido, disse:

"O senhor não tem jeito mesmo. Como é que entra assim no gabinete do vereador mais honesto do Rio de Janeiro como se ele fosse da sua laia?"

Daniel pediu calma e abraçou o prefeito, sorrindo.

"Esse é meu time, prefeito. Seja bem-vindo. Pode contar com qualquer um de nós pro que o senhor precisar."

"Time? Eu não sou e nunca vou ser do time de quem é amigo desse prefeito."

O Deputado tentou mediar o conflito, mas não teve sucesso. O assessor saiu batendo a porta e gritando pelos corredores.

"Esquentadinho esse seu assessor, Daniel. Onde você achou essa figura?"

"O partido que me arrumou, prefeito. Disseram que era um ótimo assessor de imprensa."

"Logo vi!"

"Alguém mais quer sair da sala e não trabalhar mais comigo?", perguntou Daniel.

O silêncio tomou conta do ambiente. O prefeito falou algumas coisas sem importância e saiu com um sorriso no rosto. O investimento tinha valido a pena.

Ficou um climão na sala. Daniel dispensou todos, menos o Deputado.

"E aí, o que você achou?"

"Tenho que achar nada não, Piloto. Você é quem manda."

"Tem que achar alguma coisa sim, porra. Te trouxe pra cá pra você ser meus olhos e meus ouvidos. Agora quero que você me responda o que te perguntei, caralho."

Daniel deu um tapão na mesa e ficou encarando o Deputado, aguardando uma resposta.

"Papo reto, Piloto. Esse maluco é muito esquentadinho. Ele jamais podia mandar um papo desses na frente do prefeito. Ele como sujeito homem tinha que marcar um dez e esperar o cara sair e só depois te passar a visão."

"Porra! É disso que eu tô falando. E por que você não me respondeu isso logo quando eu perguntei?"

"Foi mal. Não vai acontecer de novo."

O Deputado ficou ali em pé, enquanto Daniel começava uma partida de Free Fire no celular novo que tinha ganhado de presente do prefeito. Depois saiu pra almoçar num barzinho ao lado da Câmara chamado Bom Bar. Ele gostava muito dos atendentes de lá, que sempre vinham com uma piada nova. Quando estava quase terminando de comer, o Deputado disse que tinha visto um amigo do Piloto passando.

"Quem?"

"Aquele cara que trabalhou contigo de garçom, que tem uma ONG lá na Favela do Barbante."

"Ah, tá. O Jefinho?"

"Isso aí. Aquele que a gente foi lá pedir uma força na campanha, mas ele fez pouco-caso."

"É mesmo. Deixamos uns panfletos com ele, mas deve ter jogado tudo fora."

"Ih, Piloto. Ele entrou ali na Câmara. Deve tá indo atrás de você."

"Atrás de mim o quê, Deputado? Tá maluco?"

Pagaram a conta e voltaram. Quando chegou na porta do gabinete, Daniel deu de cara com Jefinho.

"Fala, meu vereador!"

"Opa, tudo bem?"

"Tudo ótimo. Vim dar um abraço no meu amigo e ver que minha ajuda não foi em vão. Elegemos o cara do povo!"

"Entra aí, Jefinho. Senta que vou só escovar os dentes aqui rapidinho."

Jefinho sentou na poltrona e ficou observando a sala enquanto Daniel escovava os dentes, passava o fio dental e bochechava, com toda a calma. Enquanto isso, o Deputado entrou e se sentou bem ao lado do cara, que já foi logo perguntando como andavam as coisas, se o vereador estava ajudando os amigos, se tinha uma verba pra dar uma força na reforma da ONG... Antes de o Deputado responder, Daniel saiu do banheiro sorrindo.

"Jefinho, meu parceiro, você tá dizendo que ajudou a me eleger?"

"Claro, meu vereador. Somos amigos. Minha família toda e mais a família de geral da minha ONG votou no senhor."

"É?"

"Claro, meu vereador."

"Então tá. Me fala aí qual é a sua seção e a sua zona eleitoral?"

"O quê?"

"É. Me diz a sua seção e a zona eleitoral. Escutei você falando que quer minha ajuda. Vou te ajudar da mesma forma que você me ajudou, beleza?"

Jefinho então disse qual era a zona e seção dele. Na mesma hora, Daniel abriu o site do TRE e olhou bem dentro dos olhos do Jefinho, tá ligado?

"Dispenso todos os votos da sua família, do seu time, da sua ONG e dos seus amigos. Se eu tiver pelo menos um voto na sua seção e zona, pode ficar tranquilo que vou te ajudar."

Jefinho tremia enquanto Daniel pesquisava no notebook. Aquele sistema lento só agoniava o cara ainda mais. Mas a realidade era que Daniel nem estava pesquisando, estava jogando paciência só pra dar um chá de cadeira e aumentar a aflição do sujeito que esperava uma resposta.

"É, irmão. Não tem nenhum voto na sua seção pra mim. Conforme combinamos, vou te ajudar da mesma forma que você me ajudou."

"Fui roubado! Vou denunciar no TRE. Tu me ajuda a processar eles, Daniel?", gritou Jefinho, se levantando da poltrona e andando pra lá e pra cá. "Deve ser coisa dessa Dilma, desse Lula ou dessa urna eletrônica. Sabe como é esse pessoal do PT!"

"Tá bom, Jefinho, tá bom. Qual é o meu número? Qual é a cor da minha camisa na foto da urna?"

"Tô indo, Daniel. Depois dessa, fiquei até tonto."

Deputado abriu a porta, olhou a fila lá fora. Era dia de receber os eleitores.

"Próximo!"

21

A cidade estava com as atenções voltadas para uma empresa que queria construir um shopping num terreno ocupado por várias casas fazia mais de vinte anos. Só se falava nisso. Alguns estudantes universitários acamparam no local onde estava rolando o processo para desapropriar o espaço e remover as pessoas dali, com a promessa de um aluguel social no valor de quatrocentos reais por mês. Ninguém queria aceitar a oferta da prefeitura, é claro.

Já a opinião pública estava dividida. Os moradores da Barra da Tijuca queriam que as pessoas fossem removidas para bem longe deles, mas a galera dos Direitos Humanos, os estudantes e as ONGS eram totalmente contra, alegando que a questão não passava de especulação imobiliária.

Os ânimos estavam acirrados nas redes sociais, e na Câmara Municipal não era diferente. Os partidos de esquerda tentavam de todas as maneiras embargar a decisão do prefeito de remover os moradores, levando-os para o extremo oeste da cidade. O vereador Marcinho chamou Daniel para uma conversa e disse que haveria uma votação sobre a Vila Recreio, e quem votasse a favor da obra receberia uma mala com trinta mil reais.

"É só votar a favor que ganha os trinta mil?"

"Sim. E a votação é sigilosa. Ninguém vai saber que você votou com a gente."

"Tem certeza?"

"Claro! O presidente da Câmara tá fechado com a gente."

"Então vamos nos falando. Tô cheio de trabalho. Sabe como é, vinte e três assessores, dá muito trabalho ouvir esse povo toda semana."

"Vai lá. Vou dar uma saidinha. Por isso que nomeei uma pessoa pra fazer tudo isso por mim."

Daniel ligou para o Deputado e combinou de encontrá-lo no estacionamento para falar sobre a proposta da maleta. Queria saber o que ele achava.

"Ih, Piloto. Ouvi dizer que eles tão pagando cem mil pra cada vereador que votar a favor da empreiteira."

"Tem certeza?"

"Esse é o papo que rola nos corredores. Também sei que vão pagar no dia seguinte da votação."

"E como eles vão saber quem foi que votou a favor?"

"Ué, vai ser votação aberta."

"O quê?"

"Isso mesmo, vai ser aberta. Eles só vão pagar se a obra for aprovada."

"Aquele Marcinho é um safado. Ia comer setenta mil meus e ainda mentiu, dizendo que a votação era secreta..."

"Secreta nada. A mídia toda vai estar lá. Sem contar que vai ser sua primeira votação aberta, todo mundo vai ficar de olho."

"Como você sabe dessas coisas? Eu que sou o vereador e ninguém me falou nada disso."

"É que vereador não sai por aí cuspindo que vai receber um arrego de cem mil de uma empreiteira, mas os assessores, enquanto fumam um cigarro lá fora, sim."

"Entendi perfeitamente. Parabéns pelo trabalho, Deputado."

"Valeu, senhor vereador!"

No dia da votação, o telefone do Daniel tocou e era o Marcinho querendo a confirmação no esquema da obra. Daniel atendeu e ficou dizendo que não ia aceitar participar daquilo, porque era honesto e não ia se vender por trinta mil reais. Ele esperava que, com isso, Marcinho lhe oferecesse o mesmo valor que oferecera aos outros vereadores, mas, no fim, ele não falou nada e Daniel desligou o telefone sem querer saber mais de conversa.

"Porra, Deputado. O filho da puta do Marcinho não me ofereceu os cem mil de jeito nenhum. Você tem certeza de que é isso mesmo?"

"Tenho sim, Piloto. Confirmei com vários assessores. É com essa grana que os vereadores bancam alguns acordos no curral eleitoral deles. Alguns usam até pra pagar despesa de campanha. Mas pode ficar tranquilo que sempre aparecem essas boas."

Propina recusada, Daniel votou contra a empreiteira. Mesmo assim, a obra foi aprovada. O prefeito ficou chateado e cobrou uma posição dele.

"Calma, meu prefeito. Eu vi que os votos já eram favoráveis e não quis queimar cartucho."

"Como você sabia o resultado?"

"Fui um dos últimos a votar e já não dava mais pra oposição reagir."

"Então tá. Mas tô de olho no senhor."

"Fica tranquilo, amigo. Tamo junto nessa. Nada mudou!"

A situação ficou meio incômoda entre eles, mas o prefeito preferiu dar mais um voto de confiança ao pupilo. Daniel passou batido pela cobrança do prefeito, mas ficou chateado por não receber os cem mil igual aos outros vereadores, tá ligado?

22

A família do Daniel fez uma festona pra comemorar o aniversário dele. Sua mãe conseguiu reunir os amigos da escola e das Kombis, e alguns garçons também apareceram na celebração, que aconteceu na casa nova que Daniel tinha comprado para a família.

O sonho de todo pobre que se levanta na vida é comprar uma casa para a mãe. Ele aproveitou a boa fase financeira, pois, além do salário de vereador, também ganhava uma grana com os assessores, que devolviam parte do salário para o partido, que repassava um pedaço para ele.

Churrasco à vontade, comida e bebida para ninguém botar defeito. Seu Ricardo estava sorridente e feliz. A casa ficou pequena pra tanta gente.

"Cadê a mulherada, Daniel?", perguntou seu Ricardo.

"Vai voltar com esse assunto, pai? Quem organizou a festa foram vocês, eu tô sem tempo pra pensar nessas coisas."

"Olha lá, hein, garoto."

"Vou ali falar com meus amigos da escola. Depois a gente troca essa ideia."

Daniel saiu de perto do pai e foi falar com Juninho, Rodrigo e alguns outros parceiros.

Juninho deu os parabéns para Daniel e disse que era muito fã do trabalho dele, que sempre teve a maior inveja desde criança, pois via ele chegando do mercado com a mãe e dava pra ver que nas compras sempre tinha iogurte e biscoito recheado, enquanto a família do Juninho nem carne comprava, era só arroz, feijão e ovo, na maioria das vezes.

"Pô, Juninho, olha como as coisas são, irmão, eu tinha a maior vergonha de vir do mercado carregando aquelas sacolas, e você só queria a oportunidade de ter o que eu tinha. Hoje você é sargento do Exército, tem a vida arrumadinha, e eu aqui no meio dessa confusão que é a política."

"Verdade, mas na política você fica rico, no Exército eu só não fico pobre."

"Pelo menos você não precisa mais ficar de olho no meu Danone."

Os dois riram e se abraçaram. Daniel disse que ia dar uma volta pra falar com o restante do pessoal. O Deputado não saía do celular, como sempre. Depois que aprendeu a usar as redes sociais e vários aplicativos, não queria outra vida. Só vivia no Tinder dando like nas fotos e trocando mensagens com as mulheres.

Dona Dorinha estava reclamando da quantidade de penetras, mas Daniel pediu pelo amor de Deus pra ela não botar o povo pra fora, pois agora qualquer coisa podia manchar a imagem dele, que estava só começando na política.

Por volta das oito da noite, um grupo de mulheres que assistiam à TV na sala de estar começou a gritar, chamando a atenção de todo mundo.

"O que foi, gente? Que gritaria é essa?", perguntou a mãe do Daniel.

"Tia, falaram que vai vazar um áudio sobre corrupção dos vereadores aqui do Rio."

"Mas falou os nomes?"

"Disseram o nome do Daniel também. Só não escutei direito o que falaram!"

Nessa hora, Daniel Piloto entrou pela sala, pegou o controle remoto e desligou a televisão.

"Tá maluca, garota? Desliga essa porra. Duvido que eles falaram o meu nome. Sou a pessoa mais honesta desse Brasil!"

"Quem não deve não teme. Deixa essa merda ligada!", disse dona Dorinha enquanto metia a mão no controle remoto.

Daniel ficou revoltado com a atitude da mãe e saiu de casa batendo a porta tão forte que as paredes tremeram. O clima ficou tenso na festa. O Deputado saiu correndo atrás dele:

"Calma, Piloto. Tá bolado por quê?"

"Sei lá. O prefeito tá estranho comigo desde o dia daquela votação. Será que ele tava com escuta?"

"Tá doido, Piloto? Tu acha que ele ia se entregar?"

"Sei lá. Esses caras são malucos. Depois que inventaram essa tal delação premiada, eles vendem até a mãe."

"Fica tranquilo, patrão. Vamos voltar e ver o que tá passando."

"Tá doido? Pega esse teu celular aí que tem televisão pra gente assistir aqui mesmo. Compra um litrão ali na barraca enquanto eu sintonizo essa porra aqui."

Daniel ficou sentado no meio-fio, assistindo à matéria do *Fantástico*, e o Deputado foi buscar a cerveja. Quando voltou, o Piloto estava com um sorriso de orelha a orelha.

"Deputado, meu querido. Vou te dar um aumento. Tu caiu do céu, caralho. A melhor coisa que fiz na vida foi te levar pra trabalhar comigo no gabinete."

"O que foi, patrão?"

"Larga essa merda aí e vamos lá pra casa!"

Os dois foram caminhando e, antes mesmo de chegarem ao portão, alguns vizinhos já o parabenizavam. Assim que os dois entraram, todo mundo começou a cantar a música da campanha do Daniel.

"Ô lê lê

Ô lá lá
O Piloto vem aí
E o bicho vai pegar!"

O Deputado, ainda sem entender nada, chamou uma das primas do Daniel e perguntou o que estava acontecendo.

"É que passou no *Fantástico* uma gravação com vários políticos do Rio aceitando propina de uma empreiteira, e só o Piloto negou o dinheiro."

"Mas ele apareceu na televisão?"

"Apareceu a voz dele recusando e depois o *Fantástico* passou várias coisas sobre ele desde a época em que entregou a bolsa cheia de dinheiro daquela mulher."

No meio daquela euforia toda, Piloto recebeu uma ligação do presidente do partido parabenizando ele e chamando para uma reunião no outro dia bem cedinho, antes de começarem as atividades na Câmara. O estranho foi que, ao desligar o telefone, o cara chamou Daniel de "nosso presidente".

No outro dia, o sol nem tinha dado as caras e o Deputado já estava com o motorista parado na porta do Piloto. A mãe do Daniel estava voltando da padaria com um saco de pão francês e trezentos gramas de mortadela defumada, do jeitinho que era na época em que Daniel trabalhava nas Kombis.

"Entra aí, Deputado", ela disse. "Aproveita e chama o motorista pra tomar o café da manhã com a gente. Só sentar e esperar enquanto passo um café rapidinho."

"Ele já acordou, tia?"

"Ainda não. Mas vou chamar ele enquanto a água vai fervendo."

O Piloto chegou na cozinha enquanto o Deputado disputava com o motorista o último pedaço do queijo minas que tinha na mesa.

"Porra, seus esfomeados. Tem mais na geladeira. Vocês aí de terno novo, mas com o mesmo comportamento da época em que andavam de bermuda e chinelo de dedo trabalhando nas Kombis."

"Bom dia, meu presidente!"

Daniel sorriu e respondeu:

"O teu mal é essa tua língua grande."

Daniel sentou com eles.

"Não sei por que o Deputado ainda não parou com essa frescura de tirar o miolo do pão. Cheio de criança com fome pelo mundo e você de gracinha pra comer. Não sabe que pão é sagrado?"

"Sei sim, mas a bênção tá na casquinha, Piloto."

"Não dá pra falar sério contigo."

23

Ainda discutindo, entraram no carro e foram com aquela animação até a Câmara, onde a liderança do partido os esperava.

"Você já viu isso aqui, Daniel?", disse o presidente do partido com todos os jornais do dia na mão.

"Ainda não. Só compro jornal quando chego aqui."

"Então dá uma olhadinha. Você tá na capa de todos os jornais do Rio de Janeiro, nos maiores do Brasil, e só se fala de você na internet."

"E isso é bom ou ruim?", perguntou Daniel, sorrindo.

"Isso é ótimo. Você sabe que vamos ter uma eleição pra presidente daqui a dois anos, não sabe?"

"Sim. E que que tem?"

"Pensamos em te pôr como vice de algum político que tenha condições de ganhar essa eleição. O que você acha?"

"Eu acho que se alguém quiser se aliar a nós, vai ter que vir com uma boa proposta financeira. Não sou vascaíno pra ser vice."

"Mas não temos estrutura pra uma campanha presidencial…"

"Você sabe quantos dirigentes de partido me ligaram de ontem pra hoje?"

Um olhou para o outro e Daniel se manteve firme, encarando a comitiva ali parada bem na frente dele. O Deputado percebeu a tensão.

"Vamos terminar essa conversa no gabinete. Daqui a pouco vai fazer uma fila de gente querendo tirar foto com o vereador."

Eles entraram e Daniel fez questão de cumprimentar todos os funcionários da Câmara que viu pela frente. Assim que a última pessoa da comitiva entrou no gabinete, Daniel pediu pro Deputado trancar a porta e falou bem alto.

"Quem tá comigo agora, vai estar sempre. Não tô aqui pra ser vice de ninguém. Ou vocês entram na Kombi comigo na direção de Brasília ou vão ficar no ponto esperando."

"Calma, Daniel. Não é assim que as coisas funcionam."

"Não funcionavam até hoje. Quantos vereadores vocês tinham na cidade antes de mim?"

"Nenhum", respondeu o presidente do partido.

"Pois é. Agora vocês têm a oportunidade de conseguir o primeiro presidente. Façam as parcerias que quiserem, mas eu é que vou pilotar esse país, pelo seu partido ou por outro. Não tenho rabo preso com vocês nem com ninguém. A minha campanha foi feita pelo povo, sem grana de empresários mal-intencionados."

O clima ficou tenso. O Deputado desenrolou um café pra geral e o telefone do Daniel não parava de vibrar em cima da mesa. O pessoal viu que não tinha pra onde correr e acabou aceitando a condição do Daniel Piloto rumo a Brasília.

O dia só ficou mais tumultuado. A Câmara estava uma loucura, o povo revoltado e os partidos procurando justificativas para defender seus vereadores exibidos no *Fantástico*. A imprensa toda querendo falar com Daniel e o Deputado teve a ideia de juntar os repórteres ao meio-dia e dez numa entrevista coletiva na escadaria da Câmara Municipal. O objetivo era entrar ao vivo no jornal do almoço e aproveitar para falar o que quisesse, sem correr o risco de ter a fala editada, se ligou?

Aquela manhã de segunda-feira pareceu a maior de toda a vida do Daniel. Seu assessor de imprensa teve um trabalho danado para ajudar no discurso e preparar a coletiva. Quando chegou a hora de encarar os jornalistas, o caminho do gabinete até a entrada da Câmara nunca foi tão longo. Todo mundo queria um tempo com Daniel, e de repente o céu ficou preto e ele não sentiu mais as pernas e os braços. Uma tontura tomou conta dele, mas o Deputado percebeu que tinha algo errado e logo tirou todo mundo de perto, levando-o de volta ao gabinete. Era a primeira vez que aquilo acontecia com tanta força. No dia em que a polícia foi atrás dele perguntar sobre o carro, ele também tinha ficado assim, mas essa foi pior.

Daniel se deitou na poltrona e o Deputado disse pro assessor de imprensa se preparar para um possível adiamento da entrevista. O Piloto não queria adiar, mas o Deputado preferiu não arriscar e mostrar fragilidade naquele momento. Inventaram então que ele teve um problema na família. Mesmo assim, só se falava em Daniel Piloto. Todas as emissoras cobriram o escândalo da propina na Câmara, e naquele momento o povo começou a ver em Daniel uma possibilidade de mudança real no cenário político. Uma emissora mais audaciosa teve a ideia de entrevistar a família do Piloto. Daniel ficou revoltado com essa invasão de privacidade e pediu para o Deputado tentar convencer a família a não falar com os urubus da mídia.

Daniel ficou bastante assustado com a crise de pânico, ele não acreditava em depressão, achava que essas paradas eram frescura, coisa de gente fraca que não tem disposição pra resolver os problemas da vida. E de repente ali estava ele, tendo uma crise.

De dentro do gabinete dava pra ouvir a gritaria do lado de fora. Os moradores da favela que seria removida, mais alguns integrantes de ONGs de direitos humanos, fizeram um protesto na porta da Câmara. Tentaram invadir o prédio, mas a tropa de choque da PM começou a jogar gás de pimenta e a bater em todo mundo. O cheiro foi ficando insuportável e todo mundo precisou sair. Ainda que as portas estivessem obstruídas e cercadas por manifestantes, não teve jeito, eles tinham que passar por ali. Enquanto Daniel e o Deputado desciam as escadas, uma turma grande entrava, pois cinco policiais que faziam a contenção da entrada lateral resolveram se juntar ao protesto. No meio da gritaria, Daniel foi reconhecido por algumas pessoas que berravam palavras de ordem e sacudiam bandeiras no local onde aconteciam as plenárias.

Daniel sentia todos os membros moles, mas fez um esforço e levantou o braço direito com o punho cerrado. O povo então ficou em silêncio. Alguns cinegrafistas conseguiram captar imagens do momento em que Daniel discursou para a multidão:

"Entendo e compartilho da revolta de todos aqui. Há menos de um ano eu estava no mesmo lugar que vocês, mas protestava por outra causa."

Ele mal conseguia falar, a voz saía rouca. Mas as pessoas acharam que era emoção.

"É isso mesmo, Piloto!", gritou um dos manifestantes.

"Então, como eu estava dizendo, minhas reclamações foram atendidas e aqui estou, do outro lado do muro, tendo que ouvir vocês e tentar ajudar de alguma forma."

"Nosso problema não é com você não, vereador. É com os seus amigos!", disse uma mulher que segurava uma faixa escrita "Nenhum direito a menos".

"Vamos lá pra fora, porque mais pessoas precisam ser ouvidas. Vou com vocês até a escadaria da frente."

Daniel terminou de descer os degraus com uma ardência. O Deputado fingiu que estava abraçando ele, mas na verdade estava escorando o Piloto pra ele não cair. Os dois se juntaram aos manifestantes que começaram a gritar:

"Ô lê lê
Ô lá lá
O Piloto vem aí
E o bicho vai pegar!"

O prédio foi esvaziado e os outros vereadores foram saindo de fininho, enquanto a multidão se juntava na escadaria. Já tinha gente até no Teatro Municipal e na Biblioteca Nacional. As pessoas que usavam megafones para gritar suas palavras de ordem se aproximaram do Piloto e cederam seus equipamentos. Daniel ligou um dos megafones e o silêncio tomou conta do lugar. As palavras dele transmitiram paz. Segurança com uma pitada da esperança. Ele disse que, sozinho, não podia mudar muita coisa, mas que contava com todos ali para ser o megafone do povo. Se alguém quisesse acessar a cidade, que fosse através dele. Passou os contatos e redes sociais e saiu dali numa caminhada pela Rio Branco junto com os manifestantes até a Candelária.

Enquanto Daniel caminhava com o povo, foi se sentindo melhor. O Deputado foi deixando o Piloto andar sozinho, mas sempre com uma garrafa d'água na mão pra ir hidratando o patrão ao longo do percurso.

24

Nada como um dia após o outro, a menos que sua mãe sonhe com dente. Dona Dorinha pediu que o filho não trabalhasse naquela semana, pois sonhar com dente é sinal de que alguém próximo vai morrer.

"Como é que eu não vou trabalhar, mãe? Não posso simplesmente abandonar tudo, deixar meus eleitores na mão, só porque a senhora sonhou com dente."

"Você sabe do que essa gente é capaz. A Marielle não tá mais aqui pra fazer a vontade das pessoas que votaram nela. Essa gente é perigosa, filho. Toma cuidado."

Daniel foi para a Câmara dos Vereadores com um reforço na segurança. Só assim conseguiu convencer a mãe a deixá-lo sair de casa. Logo que chegou ao gabinete, o prefeito esperava sentado na cadeira dele, os pés em cima da mesa e lendo um dos livros que Daniel tinha na estante, mas que nunca nem tinha aberto.

"Que susto, prefeito. Quer me matar do coração?"

"Logo você vem me falar de susto?"

O clima ficou estranho e o Deputado, sentindo que a coisa podia ficar séria, pediu para os seguranças aguardarem do lado de fora.

"Pelo visto o senhor prefeito tem assistido bastante televisão."

"Tenho, e confesso que não estou nem um pouco satisfeito com o caminho que você está trilhando."

"Eu não tenho culpa do que tá acontecendo. Sou honesto e isso incomoda muita gente. O senhor sabe como é."

O prefeito se levantou da cadeira, chegou bem perto do Daniel, pôs o dedo na cara dele e falou:

"Te tiro daqui da mesma forma que te coloquei. Você tá muito espertinho pro meu gosto. Não vou mais te proteger. Você acha que pode viver nesse mundo sem proteção? Vai lá, então. Boa sorte!"

"Eu não fiz nada, prefeito. As coisas só aconteceram."

"Então tá."

O prefeito cortou relações com Daniel. Não queria ser associado ao vereador mais odiado por seus colegas. Recém-reeleito, essa era uma briga que não valia a pena.

Depois do prefeito, foi a vez do presidente do partido, que entrou na sala do Piloto com um sorrisão.

"Bom dia, sr. Daniel Piloto. Até que enfim você se livrou desse mala. Esse cara é muito mau-caráter. Mas toma cuidado, que ele não vai deixar isso barato."

Daniel deu uma espiada pela janela do gabinete, que dava para o estacionamento, viu um segurança do prefeito abrindo a porta do carro e reconheceu o cara. Era um dos policiais que o prenderam na época da transação com o carro clonado. Pensativo, Daniel chamou o Deputado. Achava possível o prefeito ter armado pra ele lá atrás, só para convencê-lo a se tornar candidato. O presidente do partido continuava na sala e pôs mais lenha na fogueira.

"Foi o prefeito que me indicou você, Daniel. Ele inclusive disse que você não queria entrar pra política, mas que ia dar um jeito. Agora que você falou, me lembrei direitinho daquele dia."

Daniel ficou puto da vida, mas o Deputado o trouxe para a realidade.

"Eu sei que o prefeito te fudeu com a armação pra te convencer a se candidatar, mas vamos ver o lado bom. Hoje temos a possibilidade de comandar o país graças à merda que ele fez."

"É, mas é a minha vida que está em risco. Todo mundo aqui sabe o que fizeram com a Marielle e até agora ninguém descobriu quem encomendou a morte dela. Não quero virar grafite em muro e ter a minha cara em camisa no corpo de playboy."

O presidente do partido viu que Daniel estava abalado e resolveu contar a novidade.

"Daniel, consegui uma parceria maravilhosa pra gente começar os trabalhos rumo a Brasília."

"E que parceria é essa?"

"Com um empresário de São Paulo que fez muito sucesso criando aplicativos que ajudam a vida de milhões de pessoas pelo mundo."

"Será que ele tem um aplicativo pra proteger a minha vida e a da minha família?"

"Isso eu não sei, mas sei que ele pode deixar a sua família em segurança e com conforto fora do país. Eles nunca mais vão precisar pisar em Paciência."

25

A vida do Deputado era outra desde que começou a trabalhar com o vereador. Mas, em casa, ele seguia com os mesmos problemas conjugais de sempre. Piranhudo, vivia brigado com a esposa, mas fazia de tudo para que isso não atrapalhasse seu trabalho com o Daniel. Um dia, por conta das reclamações da mulher, o Deputado pediu ao Piloto pra liberar ele um pouco mais cedo. Afinal, ser assessor especial é especial só para o patrão mesmo. É que ia ter um culto na igreja, e não era qualquer cerimônia, era um culto totalmente dedicado aos casais da congregação.

O Deputado vestiu sua melhor roupa, se encheu de perfume e foi para a igreja com a esposa e os dois filhos mais novos que tinha com ela. Era lindo de se ver. Nem parecia aquele cara que vivia cantando as passageiras dentro da Kombi. Ao chegarem na porta da igreja, foram recebidos por um casal que os conduziu até o local onde deviam se sentar. O casal queria que os dois ficassem na primeira fileira, mas o Deputado preferiu sentar mais para o meio, pra não chamar a atenção das pessoas.

Perto do finalzinho do culto, depois de o Deputado ter ficado de joelhos por vários momentos nas longas orações, ter tentado cantar todas aquelas músicas e bater muitas palmas, veio a pregação final do pastor. Foi aí que a coisa começou a dar ruim para o lado dele. O pastor usava um microfone sem fio e pregava passeando entre os bancos, olhando bem na cara dos casais, até que parou de frente para a esposa do Deputado e disse bem alto, para toda a igreja escutar:

"Varoa de Deus, tome cuidado com o seu homem, porque Deus me revelou que tem um montão de lobas rodeando o seu cordeiro."

O Deputado não tinha onde enfiar a cara e tentou até intervir.

"Colé, pastor. Não dá esse papo não."

O pastor continuou a pregação e, toda vez que falava de infidelidade, dava uma olhada para o Deputado. Aquele pastor estava era pondo lenha na fogueira. Mesmo que o bairro inteiro soubesse que o Deputado era um piranhudo, não precisava explanar ali.

Antes de terminar o sermão, a esposa do Deputado pediu para eles irem embora, pois não aguentava mais tanta humilhação. Já tinha escutado muita gente falando sobre as aventuras amorosas do Deputado, mas foi a primeira vez que ouviu aquilo direto da boca de Deus.

"Que Deus, amor? Aquele pastor é o maior 171. Deus não tem nada a ver com isso. Olha só onde ele construiu a igreja. Aquele terreno é irregular."

A coisa ficou feia para o lado do Deputado e eles voltaram para casa com a mulher em silêncio, o que só o deixou mais irritado. Tentava se explicar de todas as formas, mas a esposa não queria saber de conversa. Mal chegaram em casa, ela pediu o divórcio.

Daniel ficou sabendo da situação e pensou numa maneira de ajudar. A grande verdade era que o cara tinha treze filhos espalhados pelo mundo e sequer acertava os nomes deles. O Piloto teve então uma conversa séria com o casal. A esposa do Deputado tinha uma admiração enorme por Daniel, mesmo sem conviver com ele. Acho que gostava da forma como ele era fiel ao marido dela. Depois de muito papo reto com o casal, veio a surpresa.

"Sabe aquela casa que eu tinha comprado pra minha mãe?"

"O que aconteceu com a casa?"

"Não aconteceu nada. É que vou tirar minha família de Paciência e tô pensando em dar ela pra vocês."

O Deputado ficou sem saber o que dizer. Não estava acreditando no que ouvia.

"A casa vai ser tua, Deputado. Mas você tem que resolver teu problema com a tua mulher."

Foi depois disso que o Deputado reverteu a situação em casa e conseguiu uma trégua com a mulher. Foi a melhor coisa, porque aí o Deputado ficou com a cabeça mais tranquila pra resolver os pepinos que começaram a aparecer para o Daniel Piloto.

A Comissão de Habitação caiu no colo do Daniel: ele tinha se tornado o responsável por remover algumas construções em lugares proibidos, justamente na área em que cresceu. O prefeito estava usando a lei a seu favor, mas era o Daniel Piloto que tinha de ir até a região e avisar as pessoas sobre a remoção.

Daniel conseguiu acalmar a maioria dos moradores e o Deputado começou a cadastrar as pessoas no projeto Aluguel Social: assim, quem teve a casa removida conseguiu obter o direito ao auxílio da prefeitura. O Deputado foi de casa em casa e conversou com todo mundo sobre o que ia acontecer. Algumas pessoas nem viviam ali, mas conseguiram se cadastrar para receber o auxílio, por serem indicações dos milicianos que dominam a região. O Deputado sabia que era preciso fazer algumas alianças para que, lá na frente, ficasse blindado por quem realmente mandava nos territórios.

Depois de tudo demarcado, conversado e acordado, toda construção que não fosse residencial, como comércio, garagem ou depósito, seria demolida sem direito ao Aluguel Social. Na outra semana, a prefeitura foi com tudo para demolir as construções irregulares. A mídia marcando durinho em cima, e Daniel mais uma vez passando batido pela opinião pública. No dia seguinte às demolições, o Deputado levou Daniel até a região que foi desapropriada e, de repente, um carrão com vidros pretos parou perto deles. Quando a porta de trás abriu, saiu o pastor da igreja que a mulher do Deputado frequentava.

"Então é isso. Vocês demoliram a minha igreja e não vão me pagar nem um Aluguel Social?"

"A culpa não é nossa, pastor. Quem deu a ordem foi o juiz, e o senhor sabe que a igreja estava em terreno irregular", respondeu Daniel.

"Mas eu comprei o terreno, não invadi nada."

Na hora que o Daniel ia responder, o Deputado tomou a frente.

"Aluguel Social é só pra residência, pastor."

O pastor ficou uma fera, se aproximou deles e falou bem alto, para todo mundo ouvir.

"MAS A IGREJA É A CASA DE DEUS!"

"Então fala pra Deus passar lá na prefeitura amanhã com identidade e CPF pra se cadastrar no Aluguel Social!", respondeu o Deputado.

O pastor ficou sem acreditar no que tinha ouvido. Voltou para o carro e foi embora praguejando contra o Deputado e o Daniel Piloto.

26

Daniel Piloto foi convidado para um evento em Goiás com o pessoal do agronegócio. Sua fama havia chegado aos quatro cantos do Brasil, então os convites começaram a aparecer. O pessoal do partido estava muito animado com o possível apoio do setor, pois sabia que toda ajuda seria bem-vinda para alavancar a campanha rumo à presidência. Daniel queria mesmo era ficar no cantinho dele e deixar as coisas acontecerem. Andava meio cabisbaixo com as previsões da mãe, pois toda vez que ela vinha com esses papos, alguma coisa de ruim realmente acontecia.

A Associação Brasileira do Agronegócio organizou um superevento e convidou os maiores empresários do ramo para conhecer de perto o vereador fenômeno de popularidade. A galera já discutia a sério a possibilidade de uma candidatura à presidência da República, tá ligado? Um empresário ricão ofereceu o jatinho particular pra buscar a equipe do Piloto e ainda reservou os melhores chalés de um hotel-fazenda para hospedar todo mundo com o máximo conforto e luxo.

Mas Daniel estava muito focado nos cadastros do Aluguel Social, não queria ninguém de fora pra depois ficar falando mal dele. Tinha um medo enorme de alguém postar alguma coisa ruim sobre ele nas redes sociais. Assim, só o Deputado e o assessor de imprensa iriam junto na viagem. O restante do pessoal ficaria com a missão de passar o fim de semana fiscalizando o andamento dos cadastros e de olho para que nenhum outro vereador se promovesse em cima do trabalho dele.

Daniel passou a noite antes da viagem sem dormir. Teve outra crise de pânico diante da real possibilidade de uma candidatura à presidência. Quando o Deputado apareceu na sua casa de manhã, ele estava no banheiro com caganeira e o corpo todo mole. Disse para o Deputado que achava melhor cancelar ou adiar o evento.

"Tá maluco, patrão? Um troço desse tamanho não tem como adiar, esse pessoal não sabe e não tá acostumado a receber um não como resposta. Essa porra vai dar merda, o presidente do partido já me ligou umas cinco vezes só hoje."

"Tá falando pra caramba, Deputado. Já que você tá palestrando pra mim, vai lá você e faz uma palestra pros fazendeiros, então. Diz que eu tô passando mal, e que em breve vou pessoalmente conversar com um por um."

O Deputado começou a suar frio. Tentou fazer o Piloto mudar de ideia, mas não teve jeito. Daniel não se levantou da privada e o Deputado foi para o aeroporto com o assessor de imprensa sem contar nada para o presidente do partido. Ao chegar na pista de decolagem, o pessoal já esperava. O comissário de bordo deu as boas-vindas e se apresentou.

"Muito prazer, meu nome é Maurício e eu serei o responsável pelo atendimento de vocês durante o voo."

"Eu sou o Deputado e esse aqui é o Gustavo, nosso assessor de imprensa. Essa aqui é a Maria, minha secretária."

Claro que o Deputado aproveitou que Daniel não ia e passou na casa de uma das amantes e a levou para aproveitar a piscina, a sauna e o luxo do hotel-fazenda. O Deputado sempre tirava uma onda de parlamentar por causa do apelido. Por conta disso, já tinha entrado em muitas casas de shows de graça e comido em restaurantes caros. O comissário Maurício deu uma olhada nos documentos dos tripulantes, ajudou com as malas e deu ok para o comandante seguir viagem, enquanto o Deputado contava vantagem para a Maria, que estava muito nervosa por voar de avião pela primeira vez. Também era a primeira vez do Deputado, mas ele disfarçou o nervosismo pra impressionar a gata.

Portas fechadas, todos apertaram os cintos e desligaram os celulares. O Deputado mandou uma mensagem para o Daniel perguntando se estava tudo bem, se ele queria passar alguma informação importante, pois o celular ia ficar desligado por algum tempo. O barulho das turbinas foi aumentando, o jato começou a se mover e, de repente, fez uma curva e a aceleração foi crescendo até que a frente do avião subiu e eles decolaram. O Deputado estava com os olhos arregalados e Maria segurava na mão dele, que suava frio.

"Toda vez que o avião decola, me dá uma coisa. E olha que já tô acostumado!"

Enquanto isso, Daniel tentava sair do banheiro, mas a vontade de continuar ali era mais forte. Já tinha comido quase uma dúzia de bananas, tomado água com farinha, até chá de boldo, e não tinha resolvido. O telefone começou a tocar sem parar. Como ele tinha deixado o aparelho carregando na sala, levantou para atender, mas sua atenção foi roubada pelo barulho do plantão de notícias que interrompia a programação para anunciar a queda de um avião no Rio de Janeiro. Paralisado, pegou o celular e viu que havia milhares de mensagens no WhatsApp e um monte de ligações perdidas. Foi aí que sua mãe começou a bater no portão da casa.

"O que houve, mãe?"

"Achei que você tava morto, meu filho. Na televisão disse que o avião que você tava caiu."

"Putz, mãe, eu não fui, o Deputado foi no meu lugar. Liga pra mulher dele, mãe, liga pra ela."

A notícia foi confirmada, o jatinho em que o Deputado estava caiu logo depois da decolagem, aparentemente sem sobreviventes. Todos achavam que o Daniel Piloto estava a bordo, e alguns já falavam de uma conspiração para matar a pessoa mais honesta do Brasil. Ninguém sabia que ele não tinha embarcado. O país inteiro chorava a morte do Daniel Piloto, e ele arrasado com a morte do amigo. Não conseguia ligar pra ninguém e dizer que estava tudo bem, porque não estava nada bem. Foi quando começou a juntar uma multidão na porta da casa. A mãe pediu que ele fosse pelo menos ao portão pra mostrar que não havia morrido, mas Daniel voltou para o banheiro e recomeçou a vomitar.

"Ele não morreu, pessoal, ele tá aqui passando mal. Quem tava no avião era o nosso amigo, o Jorge, junto com o assessor de imprensa. Lamentamos e sentimos muito a morte dos dois."

"Seu filho pode sair pra gente ver se tá tudo bem com ele?"

"Como é que meu filho vai estar bem se ele perdeu dois grandes amigos?"

Foi nessa hora que Daniel apareceu na janela e acenou para o pessoal que estava aglomerado na porta. Ele mal tinha forças para se manter de pé, mas fez um esforço fora do normal pra tranquilizar o povo e tirar a mãe do meio da confusão. As pessoas gritavam, choravam e cantavam o nome do Daniel, num tom que parecia quase um hino religioso. Depois, Daniel pegou o celular e entrou ao vivo no Facebook. O Brasil inteiro foi na live pra assistir ao Piloto pedir orações pela família do Deputado e do assessor. Todos os canais de televisão exibiram a imagem da live. Os comentários dos jornalistas eram também no sentido de uma possível teoria da conspiração com o intuito de matar o Piloto para que ele não chegasse à presidência.

O evento com o pessoal do agronegócio foi cancelado. O presidente do partido pegou o primeiro voo para o Rio de

Janeiro e foi direto se encontrar com o Piloto para prestar as condolências. Dona Dorinha juntou o pessoal das igrejas e fez uma espécie de vigília no salão de festas na rua da feira. Veículos de imprensa ligavam, pedindo uma exclusiva com o Daniel, que de início recusou todos os pedidos de entrevistas, mas depois pensou melhor e surfou na onda de herói do povo.

Não podemos negar que o Piloto tem o dom da fala. Ele estava mesmo triste com a morte do Deputado, mas viu que era preciso continuar com o trabalho, e que, se estava vivo, era porque Deus estava protegendo ele, e foi com esse tom que seguiu dando entrevistas para todos os veículos de comunicação. Até com os jornais de bairro fez questão de conversar.

Os bombeiros conseguiram achar algumas partes do corpo do Deputado e do restante das pessoas que estavam na aeronave. A imprensa noticiou que havia uma mulher desconhecida no meio dos destroços do avião, e aquela informação gerou certa desconfiança na família do Deputado. No velório de caixão fechado, o salão foi ficando cada vez mais cheio. Muitas pessoas traziam lanches, flores, e já tinha até um pessoal usando camiseta com a foto do Deputado estampada. Mas, mesmo com toda a dor, o inevitável aconteceu. As ex-esposas, ex-namoradas e as atuais do Deputado acabaram se esbarrando na mesa dos comes e bebes, justamente o local onde Daniel Piloto ficou sentado a noite toda. O zum-zum-zum foi só aumentando enquanto não se decidia como seria o enterro.

A filha mais velha do Deputado já tinha trinta anos, e foi ela quem resolveu todas as questões de funerária e cemitério. Conseguiu reunir os outros doze irmãos e ainda organizou o cerimonial de maneira que atendesse todas as crenças dos filhos e das pessoas que o amavam. O enterro foi no Jardim da Saudade, em Paciência. Assim que amanheceu, os restos mortais do Deputado foram finalmente sepultados.

As Kombis e as vans das linhas de Santa Cruz e Paciência pararam para fazer uma homenagem. Até o pessoal do mototáxi entrou no buzinaço do início da estrada Santa Eugênia até o Jardim da Saudade. Foi lindo e triste, tá ligado? Me lembro até hoje.

Quando Daniel chegou na capela onde estava o caixão, quase levou uma coroada na cabeça. A mulher do Deputado e a ex tinham acabado de sair no tapa com uma das amantes, e a porradaria foi generalizada. Quem tentou separar, acabou apanhando também, e a confusão só parou quando o caixão caiu de cima da mesa e com os restos mortais do Deputado dentro.

Uma das convidadas teve a ideia de puxar uma canção evangélica e, enquanto todo mundo começava a cantar junto com ela, as mulheres foram se ajeitando e cantando também:

"Entra na minha casa
Entra na minha vida
Mexe com minha estrutura
Sara todas as feridas..."

A paz então voltou e o corpo foi enterrado como tinha que ser. Os filhos do Deputado agradeceram ao Daniel por tudo que ele tinha feito pelo pai e se despediram. Daniel, impressionado com a organização do funeral, chamou a filha mais velha do Deputado, que se chamava Mariana, e pediu para ela se apresentar no seu gabinete no dia seguinte às nove da manhã. Ele precisaria muito da ajuda dela para continuar com o trabalho maravilhoso que o pai tinha feito até aquele momento.

27

Daniel pediu para o pessoal dele correr com a nomeação da Mariana para ela assumir logo a função que era do Deputado. Tinha a intuição de que ela seria a pessoa ideal para o trabalho. Assim que chegou no gabinete, Mariana já o aguardava desde cedo. Daniel deu um abraço bem apertado nela, depois olhou bem dentro dos seus olhos.

"Era pra eu estar no lugar do teu pai."

Mariana segurou a cabeça dele com as mãos e respondeu:

"Cada pessoa tem seu tempo aqui na Terra. Aproveita a chance que a vida te deu e faz o teu melhor."

"Você me ajuda?"

"Tô aqui pra isso, seu Daniel."

"Nada de 'seu' Daniel, pode me chamar só de Daniel, ou de Piloto."

Daniel havia pedido para o chefe de gabinete convocar a equipe toda para uma reunião emergencial. As coisas precisavam ser alinhadas e ajustadas para os planos que ele tinha em mente, né? O presidente do partido chegou e eles levaram uma conversa bem rápida, na qual ficou decidido que Daniel iria falar com a imprensa. O partido armou uma coletiva na frente da Câmara dos Vereadores, e o Piloto começou a entrevista dizendo que para mudar uma nação não bastava só ser honesto, era preciso ser anticorrupção.

"A partir de hoje, eu só vou pisar aqui na Câmara pra participar das plenárias. Meu trabalho todo vai ser nas ruas. Vou fiscalizar todos os órgãos da cidade, começando pelos hospitais, escolas e empresas de transporte público."

"E como o senhor vai fazer isso junto com a campanha para presidente?", perguntou um jornalista.

"Quem foi que disse que eu vou entrar em campanha? O povo me elegeu como vereador, então quero ser o melhor vereador que essa cidade já teve. E depois, se os meus eleitores me quiserem em outra posição, eles que vão decidir."

"Daniel Piloto, o senhor acha que a morte do Deputado foi um acidente ou uma tentativa de silenciar a sua luta?"

"Acho que essa questão tem que ser resolvida com a Polícia Federal. Confio nas instituições e a verdade logo vai aparecer. E vamos encerrar por aqui, porque ainda tenho muita coisa pra fazer."

O assessor especial das palmas puxou os aplausos e, logo em seguida, veio a multidão se formando, gritando palavras de ordem e o grito de guerra da campanha. Daniel pegou Mariana pelo braço e entrou no carro, que já o esperava para um compromisso com a Comissão de Habitação. Um prédio havia caído numa construção irregular em Rio das Pedras e o pessoal da milícia local mandou chamá-lo para resolver a situação. O parlamentar que tinha aliança com os milicianos da região não teve coragem de botar a cara e se aproveitou da mídia positiva de Daniel, pedindo um favor para o colega com promessas de apoios futuros.

No caminho até a favela, Daniel aproveitou para acertar os detalhes sobre o que esperava de Mariana na função de assessora especial. Na cabeça dele, ela poderia ajudar nas mesmas questões que o Deputado ajudava. Mariana, mais uma vez, disse que faria o que fosse preciso, mas que sempre seria sincera, não ia ter filtros para orientá-lo. Papo reto e direto. Ele aproveitou para perguntar qual era a impressão que ela tinha sobre ele.

"Então, Daniel. Te acho um cara bem legal, mas precisa mudar alguns comportamentos. Você parece que vive em cima de um palco o tempo todo. Tudo é com sorrisão, tá tudo sempre lindo, mas… e na prática? O que você tem feito de verdade pra ajudar as pessoas que te puseram aqui?"

"Eu…"

"Isso mesmo, você!"

"Eu sou o cara mais honesto do país!"

"E você acha mesmo que só ser honesto é o suficiente para ser um parlamentar? Olha o povo morrendo de fome, olha como tá a nossa saúde, a educação e o saneamento básico. Em pleno século XXI ainda tem muito lugar com esgoto a céu aberto na Cidade Maravilhosa."

Daniel ficou meio tonto de tanta verdade que foi jogada na cara dele.

"Você tá parecendo a minha mãe. Vocês duas vão se dar bem. Ela também adora um mimimi."

"Não acredito no que acabei de ouvir. Eu aqui te falando as coisas que precisam ser ditas, e você resumindo tudo a mimimi. Você sabe o que é mimimi?"

"Claro que sei, é o que você acabou de fazer agora. Relaxa que vai dar tudo certo quando a gente estiver em Brasília."

O carro chegou em Rio das Pedras. Um mototaxista pediu para eles encostarem na primeira vaga e disse que ia levar somente o Daniel até os "amigos" da firma. Daniel subiu na garupa e foi cortando os becos e vielas na direção dos chefes da milícia da região, que já o aguardavam para resolver o problema com o prédio que tinha caído. A imprensa estava noticiando o ocorrido, cobrando uma solução do poder público.

Um carro com vidros escuros estava estacionado na frente do bar onde o mototaxista parou. A porta de trás abriu e um cara saiu dizendo que era para o Daniel Piloto entrar. Daniel entrou. Quando projetou o corpo para dentro do carro, sua cabeça foi envolvida num saco preto, de modo que ele não conseguia ver quem estava ali dentro. Porém, a voz era familiar.

"E aí, Daniel. Como é que você tá, meu camarada?"

"Tô assustado com um saco na cabeça, irmão!"

Imediatamente o saco foi retirado e Daniel, com a visão meio turva, reconheceu seu amigo Fred, que era bombeiro e sempre comprava quentinha na época em que ele era só o garoto das entregas do Ronaldo Mazola. Fred disse que precisava muito da ajuda do Daniel. Como responsável pela Comissão de Habitação, ele podia arrumar alguns aluguéis sociais pra fortalecer as pessoas que perderam tudo com o desabamento do prédio.

"Posso ajudar sim, Fred, mas precisamos fazer algumas vistorias com o pessoal da Defesa Civil, junto com a Comlurb e a guarda municipal da área. Ainda posso ajudar vocês com a legalização de terrenos em outros cantos da cidade. Uma mão lava a outra e, no fim, todo mundo sai ganhando."

"Eu sabia que você ia ser um bom vereador, Daniel. Foi por isso que entrei no circuito pra te defender quando o político responsável pela área onde você morava pediu a sua cabeça. Foi logo que você começou a aparecer na televisão e decidiu se candidatar."

"Como assim pediram a minha cabeça, irmão?"

"Você sabe como. Ou acha que o cara lá da sua área ficou feliz quando você entrou e tirou votos do filho dele?"

"Caramba. Obrigado, Fred. Pode deixar que vou honrar o meu compromisso com você. Antes de qualquer coisa, a gente é amigo."

"Toma cuidado com os aviões, Piloto. Se na disputa pra vereador a sua cabeça foi pedida, imagina agora. Não entra em brigas com os grandões. Faz aliança, paga pra quem tiver que pagar, recebe o que tiver que receber. Não entra numa de achar que vai mudar o mundo sozinho. Desconfia até da própria sombra."

Daniel desceu do carro, subiu de novo na moto e parecia que estava dentro de um filme. Só que num filme a gente não morre, né?

Quando chegou, deu um abraço apertado na Mariana e disse: "O bagulho é mais doido do que eu pensava".

Daniel ligou para o prefeito e pediu uma reunião para tratar de questões relativas à favela Rio das Pedras. O prefeito tentou fazer birra, mas as coisas precisavam ser resolvidas e o secretário de Habitação já tinha passado um raio X do problema. A comissão toda sabia que o Piloto tinha se encontrado com o homem forte da milícia e que a solução viria por meio dele. O prefeito marcou de se reunir com Daniel Piloto na Barra da Tijuca. Os dois se abraçaram e almoçaram juntos como se fossem grandes amigos, nem parecia que estavam brigados. Ali decidiram que a situação seria resolvida, mas daquela vez o prefeito é que pagaria de herói.

"Até que enfim vou colher o que plantei. Eu sabia que era arriscado, mas valeu a pena."

"Pois é, agora você tem a chance de ser aliado do futuro presidente da República."

Os dois riram enquanto comiam uma salada de entrada, e Daniel foi direto ao assunto.

"Prefeito, os caras querem colaborar, mas você sabe como miliciano gosta de dinheiro."

"E como, Piloto!"

"Come Piloto não, come secretário!"

"Você leva tudo pro outro lado, hein, Daniel?"

"Então, prefeito. Eles disseram que vão permitir que a guarda municipal entre junto com o pessoal da Defesa Civil, e que a gente pode até demolir um ou dois prédios irregulares pra aparecer na mídia."

"Entendo", disse o prefeito, desconfiado.

"Mas, em contrapartida, a gente tem que fazer melhorias em alguns pontos da favela, cadastrar umas pessoas a mais no Aluguel Social e legalizar alguns terrenos fora da favela."

"Alguns quantos?"

"Aí eu não sei, prefeito. Começa o trabalho e depois a gente resolve isso lá na frente. O que precisamos agora é ficar bem com eles e fazer um palco pro senhor."

"Aí você me fode na prefeitura."

"Joga a pica pra próxima gestão, irmão. Ou você quer ser prefeito a vida toda? Logo, logo tem eleição pra governador."

Os olhos do prefeito brilharam quando o Piloto disse a palavra "governador". Ele sabia que na política as pessoas têm que aproveitar cada momento, e o momento de aparecer com uma mídia positiva era aquele. Os dois saíram do almoço e foram direto para Rio das Pedras.

28

O circo estava todo armado quando eles chegaram. A assessoria de imprensa da prefeitura já havia informado aos jornalistas que os dois iam aparecer juntos em Rio das Pedras, e quais ações seriam realizadas. O tour do Daniel Piloto e do prefeito na favela foi exibido ao vivo na maioria dos canais abertos de televisão. Tinha helicóptero disputando espaço no céu para mostrar a chegada dos dois no terreno onde o prédio desabou.

Alguns moradores vinham apertar a mão deles e, assim que pararam no local, uma multidão se formou em volta do prefeito pra cobrar uma solução para aquele problema. Quando o prefeito olhou para o lado, o Piloto já não estava mais ali. Daniel tinha se afastado de mansinho, e ficou assistindo às promessas do prefeito de camarote, sentado numa cadeira e tomando um açaí ao lado de Mariana. O prefeito conseguiu pegar o megafone de um bombeiro que estava ali na busca por vítimas e começou a discursar:

"O importante é que não tivemos nenhuma vítima fatal. Coisas materiais a gente trabalha e consegue de novo. Vocês são fortes, e é com essa força que vamos superar esse desafio. Vamos cadastrar no Aluguel Social os moradores prejudicados até a gente conseguir arrumar um local definitivo. A prefeitura tem um projeto com a Caixa e vamos construir alguns condomínios no projeto Minha Casa, Meu Lar, em uma parceria com o governo federal."

"É verdade que vocês vão derrubar os prédios do lado, prefeito?", gritou um morador.

"Isso é o pessoal do governo do estado e os bombeiros que vão decidir. O papel da prefeitura é cuidar das pessoas, e é isso que estou fazendo aqui. Mas podem ficar tranquilos que vai dar tudo certo. Hoje mesmo vamos começar o cadastramento das famílias, e já conseguimos montar uma estrutura provisória na escola municipal Jorge Amado para receber quem não teve um local para passar esses dias."

O pessoal da comunidade ficou bem feliz. O forró começou a tocar numa máquina instalada no bar onde eles estavam tomando açaí. Daniel e Mariana foram cercados por uma galera que começou a trazer bebida e comida para a mesa deles.

"Vamos dançar um forrozinho, Mariana?"

"E o senhor sabe dançar?"

"O Senhor tá no céu. Levanta logo e vamos, mulher."

Mariana se levantou, deu uma ajeitada na roupa e foi para a frente do bar, quase no meio da rua, e disse:

"Vem me conduzir, Piloto!"

Daniel se levantou e, quando se aproximou da Mariana, outros casais já estavam se formando. A coisa ficou animada, nem parecia que estavam ao lado de um local onde tinha acabado de acontecer um acidente gravíssimo.

"Você dança muito bem, Mariana. Mas não inventa história de ficar rodando, fazendo firula tipo na Dança dos Famosos porque eu só sei esse feijão com arroz."

"Que nada, você até que leva jeito!"

Quando ela falou aquilo no ouvido dele, Daniel ficou todo arrepiado e não conseguiu segurar a ereção. Todo sem graça, tentou se afastar um pouco quando a música terminou, mas logo entrou outra e Mariana puxou ele bem forte pra junto do corpo dela, dizendo:

"Forró se dança com o corpo coladinho."

Se Daniel fosse branco, ficaria vermelho quando ela percebeu sua animação lá embaixo. Mas Mariana nem se importou e continuou como se nada estivesse acontecendo. Quando eles pararam de dançar e voltaram para a mesa, o motorista do Piloto, que só estava bebendo água, disse que precisava muito ir embora. Já ia dar meia-noite e, se o transporte público no Rio de Janeiro é precário de dia, depois de meia-noite, então, só com muita sorte.

Mariana sugeriu que fossem embora, mas Daniel queria aproveitar mais, e foi então que disse:

"Pega o carro e vai pra casa, irmão. Amanhã de manhã eu te mando mensagem com a minha localização pra você me buscar."

Mariana fez sinal de positivo para o motorista e disse que ia ficar com Daniel pra não deixar ele fazer nenhuma besteira. O motorista foi embora e eles ficaram ali conversando sobre vários assuntos. Por algumas horas, Daniel nem lembrou que era um vereador se preparando para disputar a presidência, e que acabara de perder um amigo, e que esse amigo era pai da Mariana, a mesma Mariana que estava ali se divertindo e bebendo com ele.

A todo momento saía alguém da mesa, aí chegava outra pessoa, mas quem ia embora tirava alguns cascos da mesa e dizia que estava pagando, e quem chegava já pedia mais bebida e coisa pra comer. Naquela mesa se falava de tudo, menos de política. Todo mundo ali achou que Mariana era esposa do Daniel, e as pessoas o tempo todo elogiavam os dois, dizendo que formavam um lindo casal, tipo Lázaro Ramos e Taís Araujo.

Foi ficando tarde e o dono do bar disse que a saideira era por conta da casa. Aquilo era um aviso de que já tinha passado da hora de fechar.

"E como é que a gente faz pra ir embora, a essa hora, aqui do Rio das Pedras, Daniel?", perguntou Mariana.

"Isso é a coisa mais fácil do mundo. A gente pode pegar uma van prum hotel, ou um mototáxi, já que os caras do Uber não gostam de entrar em favela."

"Hotel?"

"Eu disse hotel, não motel."

"Tá maluco, Daniel. Você acha que eu vou pra um hotel ou motel com você assim?"

Daniel tentou se explicar dizendo que não era nada do que ela estava pensando.

"É só pra dormir, Mariana!"

"Dormir eu durmo em casa."

"Então tá resolvido, vamos pra sua casa."

O dono do bar ouviu um pedaço da conversa e ligou para um amigo que trabalhava com transporte executivo da área. E assim Daniel foi parar na casa da Mariana, no Méier, às quatro da madrugada. Os dois não trocaram uma palavra dentro do carro. Daniel ficou parado na porta da casa dela pensando no que falar e acabou soltando uma pérola que era melhor ter ficado quieto.

"Se eu te beijar, agora que você trabalha comigo, pode parecer abuso sexual?"

Mariana chegou bem perto dele e respondeu:

"Você só fala merda mesmo. A única possibilidade de você me beijar é se eu te beijar. E, se eu te beijar, eu é que vou abusar de você."

Daniel ficou sóbrio rapidinho, a onda da bebida foi embora e a cara dele ficou quente. Mariana convidou ele pra entrar, e Daniel aceitou antes que ela mudasse de ideia. Sem saber o que falar, pediu um copo d'água e sentou no sofá. Mariana veio com a água e ficou em pé, parada bem na frente dele. Daniel pegou o copo e não sabia se olhava pra frente, pra própria barriga ou pro tapete, parecendo um moleque bobão.

Mariana percebeu o nervosismo dele, tomou o copo da mão de Daniel, jogou uma perna por cima dele por um lado e a outra por outro, encostou a cabeça dele no sofá e o beijou. Aquilo ali sim foi um beijo! Os dois ficaram namorando no sofá e, quando Daniel olhou pela janela, o dia havia amanhecido. Pegaram no sono ali mesmo. Só acordaram quando a amiga da Mariana chegou, vindo do trabalho com um jornal na mão.

"Não acredito no que estou vendo. A cidade toda falando de vocês, e vocês aí, dormindo no sofá?"

Mariana se levantou meio assustada, já pegando o jornal da mão da Ketlen e lendo a notícia: "Avião caindo, prédio caindo e vereador caindo no forró com mulher na favela".

"É você aí na foto, Mariana. Esses jornalistas são foda!"

"Puta merda. Achei que ia ajudar e só atrapalhei. Era pra eu ter tirado ele dali. Agora fudeu tudo. A galera do partido vai arrancar a minha cabeça."

Daniel, ainda meio sonolento, se levantou e disse:

"Caralho, que merda. Liga pro motorista, porque meu celular descarregou, e pede pra ele vir buscar a gente."

Mariana começou a ler o jornal em voz alta, e a matéria era bem pesada. O jornalista dizia que político era tudo farinha do mesmo saco e não se importava com ninguém, e que Daniel Piloto bebia em frente a um lugar onde tinha acontecido uma tragédia. Citava também a morte do assessor dele, o Deputado.

Na emissora de TV aliada ao prefeito, o apresentador disparava ofensas e ataques dizendo que era inadmissível um vereador se embriagar e dançar forró no meio da favela comandada pelo poder paralelo até altas horas da madrugada, enquanto a emissora rival dava a mesma notícia, com um tom mais leve, dizendo que não havia nada como um dia após o outro, e que o importante era superar as adversidades.

29

Daniel chegou na Câmara dos Vereadores enquanto Mariana ficou com a assessoria de imprensa respondendo às perguntas sobre a noite anterior. O presidente do partido estava lá junto com o chefe de gabinete, um representante dos empresários que investem em políticos para conseguirem favores lá na frente e outras pessoas que ele nem sabia quem eram.

"Bom dia, pessoal. Madrugaram hoje, hein? Se todo mundo da política trabalhasse assim o ano todo, o Brasil seria um país melhor."

"Bom dia nada, Daniel. Já viu a merda que você fez? Tá estampada em tudo que é canto!", disse o presidente do partido com um monte de jornais na mão.

"Não sabia que você tinha sociedade com banca de jornal. Deixa aí pro motorista limpar os vidros. Jornal impresso só serve pra isso mesmo", respondeu Daniel, rindo sozinho.

O clima não era de brincadeira, só Daniel não tinha percebido o tamanho do problema. O chefe de gabinete olhou para o presidente e disse:

"Eu conto ou você conta?"

Aí o silêncio invadiu e o chefe de gabinete começou a desenrolar a situação.

"Então, Daniel. Os apoiadores saíram do circuito e não querem mais associar o nome deles à sua imagem."

"Como assim? Eu sou o cara mais honesto do Brasil!"

Foi nessa hora que um dos sujeitos que estavam acompanhando a reunião abriu a tela do notebook e mostrou algumas fotos do pai de Daniel sendo preso na feira de Acari. Daniel reclamou, dizendo que aquilo era notícia antiga, então mostraram outras fotos e textos comprometedores do próprio Daniel. O chefe de gabinete disse que aquilo era só uma parte de um dossiê que os investidores tinham encomendado para um detetive particular.

"Essa porra é montagem!"

"Pode até ser, mas ninguém sério vai querer te apoiar daqui pra frente. E tem outra coisa: se você não entrar na linha e terminar o mandato sem manchar o nosso partido, a coisa vai ficar feia pro teu lado."

Daniel se tremeu todo, e a pose de brabo desmanchou.

"Vocês tão me ameaçando?"

"Só tô dando um aviso", respondeu o presidente.

O representante dos empresários se levantou da mesa e foi embora indignado. O Piloto até tentou apelar para uma das mulheres da comitiva do partido, mas não conseguiu a empatia dela, que fez cara de nojo e desprezo e meteu o pé logo depois, tá ligado?

"Vai desistir de mim também, presidente?"

"Tira a mão de cima de mim, seu desequilibrado! Esquece a possibilidade de se candidatar novamente pra qualquer cargo público. Não quero saber de você nem em eleição pra síndico de condomínio."

"Como assim?"

"Sua cabeça é seu guia. O papo foi dado e a ordem veio lá de cima!"

O clima ficou tenso e ele percebeu que a coisa era bem pior do que estava imaginando. Não era só escarcéu da mídia com o caso do forró ou o passado duvidoso do Daniel. Pra ser presidente tem que ter a aprovação e a confiança de muita gente poderosa. Não é da noite pro dia que se vira presidente do Brasil, tem que ter feito muita coisa boa, ou muita coisa ruim, para conseguir conquistar os que realmente decidem quem vai assumir a cadeira.

Daniel começou a se ligar que o que estava acontecendo não era por causa da noitada. Havia mais coisas por trás. De todo jeito, o Piloto ainda tinha essa fogueira pra apagar: a imprensa toda estava cobrando uma posição dele sobre a questão do forró. A solução que encontrou foi se dirigir ao eleitorado através das redes sociais.

"Dançar é crime, corrupção é arte."

A publicação foi um estouro. Vídeos de Daniel e Mariana começaram a circular pelas redes. A galera na internet shippou o casal e a banda que tocava a música que eles dançaram também publicou um vídeo, mas nada daquilo foi forte o suficiente para trazer os apoiadores políticos de volta.

A prefeitura passou o dia cadastrando os moradores de Rio das Pedras e a situação com o pessoal da milícia se resolveu. O horário de expediente se encerrou e a equipe se preparou para ir embora, mas Mariana sumiu de repente e Daniel não sabia do paradeiro dela. Ele a procurou por todos os lugares da Câmara, inclusive no banheiro feminino, mas não a encontrou e também não conseguiu ligar para ela, pois o aparelho estava desligado ou fora da área de cobertura. A preocupação era tanta que Daniel desceu as escadarias do metrô a mil por hora. Ele queria ir para o Méier, pois necessitava contar tudo o que estava acontecendo com ele, mas as linhas são tão pequenas que ele teve que descer quatro estações depois, na Central do Brasil, e entrar na estação de trem pra ir até o Méier.

A casa dela era bem perto da estação. Chegando lá, Mariana também não estava. A amiga dela tentou acalmá-lo, mas não conseguiu. Ele foi até a casa nova dos seus pais e, quando chegou lá, Mariana estava conversando com a mãe dele.

"Porra, Mariana, você quer me matar do coração? Por que você não me disse que ia vir pra casa da minha mãe? Tô rodando a cidade toda atrás de você!"

"Calma, Daniel. Tua mãe me ligou e vim aqui pra ajudar ela."

"O que aconteceu, mãe?"

"O teu pai sumiu."

"Mas ele vive sumindo, mãe."

"Mas dessa vez parece sério. Já tem uma semana que ele não aparece nem manda sinal."

"Notícia ruim chega rápido, mãe. Fica calma que vou fazer uns contatos."

Mariana chamou Daniel no canto e perguntou se ele teria alguma ideia do paradeiro do seu Ricardo.

"Deve estar no bar com os amigos dele em Paciência."

Daniel ligou para o motorista e ele chegou junto com os dois seguranças policiais que o partido conseguira na Justiça depois da queda do avião. Os três foram pra Paciência e ficaram quase duas horas engarrafados na avenida Brasil. Foi como reviver a infância, quando ele tinha que procurar o pai pelos bares da região. A diferença é que agora todo mundo sabia quem era o Daniel Piloto, ele não conseguia dar cinco passos sem ser parado por alguma pessoa que reclamava do lixo, da falta de iluminação, dos ambulantes nas calçadas e das vans fazendo merda no trânsito.

Depois de rodar quase Paciência inteira, Daniel encontrou um amigo do pai na praça do Sete de Abril. Esse amigo disse que tinha visto seu Ricardo perto do galpão da Globo, bebendo com os amigos no depósito de frente para o campo do Macarrão. Já era madrugada e os três foram até o local. Daniel sabia que não podia confiar nos caras, mas era o que ele tinha, e só diz que "é melhor só do que mal acompanhado" quem nunca andou sozinho pelas ruas do Rio de Janeiro de madrugada.

Chegando no depósito, o pai dele já tinha ido embora, mas Daniel ofereceu uma grana para meia dúzia de pinguços e rapidamente apontaram o local onde o seu Ricardo estava. Era uma vila de casas bem pequenas. Devia ter umas oito quitinetes, quatro de cada lado. Todas as casas eram amarelas. E os informantes só disseram que ele estava na vila, mas não sabiam o número exato da casa.

O motorista disse que não era legal bater de porta em porta naquela hora para não acordar trabalhador, mas Daniel nem quis saber. Começou a gritar, chamando pelo seu Ricardo, e as luzes das casas começaram a acender, uma por uma, e os moradores a reclamar. Mas quando abriam as portas e davam de cara com os homens de terno preto, logo se calavam.

Até que seu Ricardo apareceu, lá na última casa da vila, perguntando o que queriam com ele. Como se nada estivesse acontecendo.

"Tá de sacanagem, pai?"

"Cuida da tua vida, garoto!"

"A minha mãe é a minha vida, porra. Tu deixou ela pra ficar aqui nesse lugar imundo?"

Quando seu Ricardo se projetou para se aproximar de Daniel, duas crianças saíram do barraco e cada uma segurou numa das pernas do seu Ricardo, gritando:

"Papai, papai!"

Daniel ficou sem ação. Nem brigar ele queria mais. Acabara de descobrir que tinha um par de irmãos. A menina devia ter uns sete anos e o menino uns quatro, por aí.

"Posso explicar. Não é nada disso que você tá pensando, Daniel."

"Não tô pensando em nada. Tô vendo com os meus olhos. Quer dizer que tenho dois irmãos e o senhor não fala nada?"

De repente surge uma mulher com uma criança no colo e um barrigão enorme, toda assustada, mas sem perguntar o que estava acontecendo.

"Vem, crianças, entra pra dentro. Deixa o pai de vocês resolver os problemas dele."

As crianças largaram as pernas do seu Ricardo e seguiram a mãe para dentro da casa. Daniel andava de um lado para o outro da vila com as duas mãos na cabeça, pensando em como resolveria aquela situação.

"Vem aqui fora pra gente trocar uma ideia, pai."

Os dois sentaram na calçada do lado de fora da vila, os seguranças ficaram no portão e Daniel começou a contar tudo para ele. Seu Ricardo ficou abalado com o que estava acontecendo com o filho, mas disse que águas passadas não movem moinhos. Foi então que Daniel viu que não tinha muito o que fazer. A família dele estava mais enrolada do que imaginava. Ele voltou pra casa e contou tudo para a mãe, que ouviu a história toda e só fez uma pergunta.

"Quatro filhos? Foi isso mesmo que eu ouvi? Quatro?"

"Sim, mãe. Quatro filhos. Parecia uma escadinha!"

Dona Dorinha pôs as mãos na cabeça e ficou repetindo "quatro filhos", andando de um lado para o outro com um cobertor envolvendo o corpo.

"Quatro filhos, quatro filhos, quatro filhos, quatro filhos, quatro filhos, quatro filhos…"

30

A publicação de uma revista bastante famosa caiu como uma bomba. Uma senhora acusava Daniel Piloto de ter feito ela passar fome ao se apropriar das sacolas de compras que esqueceu dentro da Kombi na época em que ele era motorista de transporte alternativo. A senhora disse que tinha usado todo o dinheiro que recebeu quando foi demitida do emprego pra fazer aquelas compras, que tinham de alimentar os três filhos dela mais os dois gatos que ela cuidava, tá ligado? Ao saber da notícia, Daniel riu e disse:

"O Deputado era foda!"

Mariana estava ao lado dele quando Daniel leu a matéria na internet.

"Então quer dizer que é verdade? Você e meu pai fizeram isso com essa senhora?"

"Essa mulher entrou cheia de marra na Kombi, teu pai discutiu com ela por bobeira, mas ela se alterou. Falou um montão de besteira pra ele e na hora de ir embora esqueceu algumas sacolas. Foi só."

"E vocês não avisaram?"

"Tá de sacanagem, Mariana? Parece que nunca andou de Kombi. Na mala as compras de um monte de gente ficavam misturadas e alguém sempre levava a sacola do outro sem querer."

"Então isso é verdade?"

"Pode ser, mas fica tranquila que já é passado."

Mariana ficou boladona quando Daniel contou que eles fizeram um churrasco com as carnes da sacola da mulher. Ela ficou revoltada porque Daniel contou a história rindo.

"O preço da carne tá um absurdo e vocês deixaram a mulher com fome?"

"Absurdo tá agora, mas naquela época do Lula e Cabral juntos, o Rio de Janeiro era uma maravilha. Dizem que os dois roubaram, se é verdade eu não sei, só sei que a gente fazia festa todo final de semana."

O telefone de Daniel começou a tocar sem parar, todo mundo queria uma resposta sobre o assunto. A mulher ficou famosa e estava dando entrevista para várias emissoras e para alguns influenciadores de fofocas digitais. A verdade era que Daniel não estava nem aí para o que poderia acontecer com a sua imagem. Aquele desejo de ser presidente pra mudar o Brasil já tinha ido por água abaixo. Sem atender as ligações, ele decidiu botar mais lenha na fogueira. Trocou as senhas das redes sociais e, sem Mariana saber, fez uma publicação no Twitter: "Achado não é roubado".

O post viralizou. Tudo era motivo de discussão nas redes e Daniel começou a surfar na onda, e as coisas foram ficando descontroladas nesse caldo de amor e ódio entre seus seguidores e seus haters. Vira e mexe ele lançava umas pérolas só pra assistir ao circo pegar fogo.

Quando Mariana viu que não tinha mais as senhas das redes sociais dele, e que Daniel estava passando o tempo todo com a cara na tela postando um montão de coisa nada a ver, e ainda repostando várias fake news, ficou chateada. Disse que não queria se envolver em nenhum tipo de relação com uma pessoa que fazia as coisas que ele estava fazendo.

Daniel chorou igual criança, falou dos pais, contou histórias de quando era pequeno, que nunca teve uma namorada, falou sobre os irmãos que havia acabado de descobrir, e Mariana ouviu tudo o que estava passando na cabeça dele. Ela também tinha seus problemas, mas disse que ia ajudar com essas questões familiares. Mariana tinha se afeiçoado à mãe do Daniel e, por isso, ia cuidar do que fosse preciso pra ficar tudo bem com ela.

Dona Dorinha é aquele tipo de pessoa que sempre diz que está tudo bem, que ajuda todo mundo. Com ela não tem tempo ruim. É ela que acompanha a família quando alguém fica internado, é ela que fica com as crianças quando alguém vai viajar, é ela que escuta e dá conselhos. Agora era ela que estava precisando de alguém pra conversar, mas ninguém tinha tempo. Uma das coisas que mais a perturbava era o fato de terem saído do bairro onde ela viveu a maior parte da vida. Justamente por não morar mais ali, em Paciência, é que seu Ricardo achou facilidade pra sair de casa e morar com outra mulher, né?

Dona Dorinha havia se tornado a mulher do lar, aquela que só pensa em cuidar da casa e deixar tudo organizado para o marido e para o filho, mas, pelo visto, ter se dedicado a vida toda só para a família não tinha valido tanto a pena. Mariana, depois de insistir um bocado, conseguiu convencer dona Dorinha a fazer uma viagem para visitar a família em Guarabira, na Paraíba.

Daniel ficou feliz, pois a cabeça dele estava cheia de preocupação com a mãe. Ele se sentia culpado de ter tirado ela do bairro em que moraram a vida toda para uma casa maior e mais perto do trabalho dele. E as coisas na Câmara estavam cada dia mais chatas também. A equipe do gabinete fora escolhida pelo partido, então ele não confiava em mais ninguém ali, sem contar o ódio que os outros vereadores tinham dele.

Depois da mulher da sacola, apareceu outra pessoa, o filho de uma empresária, dizendo que foi enganado quando Daniel trabalhava como garçom num show. Ele teria segurado o troco da bebida e, por causa disso, o jovem teve que ir andando da Barra até a Freguesia, já que acabou sem o dinheiro da passagem. Daniel respondeu nas redes sociais que uma boa caminhada não faz mal a ninguém. É claro que ele negou o fato de ter ficado com o troco do rapaz, mas não perdia a oportunidade de irritar as pessoas que defendiam o jovem.

Depois apareceu o cara que fez a troca da Kombi pelo Gol. O antigo patrão do Deputado estava acusando o Piloto de ter passado um carro clonado pra ele. O sujeito disse que havia sido preso por causa disso e agora não conseguia mais arrumar trabalho e estava sofrendo vários problemas psicológicos.

A caixa de Pandora estava aberta, e os podres de Daniel começaram a surgir, um atrás do outro. Mariana não sabia mais o que fazer, mas decidiu ficar do lado dele até as últimas consequências.

31

Daniel foi convidado para participar de um podcast famoso que só entrevistava celebridades polêmicas. Ele ignorava todos os conselhos da Mariana, então aproveitou que ela e a mãe estavam viajando e foi com o novo assessor de imprensa até o estúdio de gravação. O tratamento da produção foi maravilhoso, o camarim tinha as frutas de que ele gostava, bebidas chiques, suco de amora, que ele adorava, e salgados quentinhos: na empada de camarão tinha até camarão de verdade. O entrevistador veio até o camarim dar os cumprimentos da casa e deixar Daniel o mais tranquilo possível. Ali, todos os entrevistados eram tratados como reis e rainhas.

"Tudo pronto? Todos nos seus lugares? Luz, câmera, gravando!", gritou o diretor.

"Boa noite, pra você que nos assiste ao vivo, pra você que nos ouve, e um bom dia, uma boa tarde e uma boa noite pra quem está nos assistindo pelo YouTube! O meu convidado de hoje é ninguém mais, ninguém menos que o Daniel Piloto, um cara que é bastante querido e também odiado pelo público. Ele é vereador da cidade do Rio de Janeiro e seu nome encabeça as pesquisas para a corrida presidencial. Seja bem-vindo, Piloto."

"Boa noite, Bob, boa noite a toda a equipe de produção e um boa noite especial pros meus queridos eleitores. Para mim é uma honra poder participar de um programa como o seu, que tem uma audiência maravilhosa."

"Que bom que você está feliz em participar, nós também estamos felizes em receber você aqui. Posso te chamar de você ou prefere que te chame de senhor, excelentíssimo ou ilustre parlamentar?"

"Pode me chamar como preferir, só não pode deixar de me chamar."

"Muito bem, Daniel Piloto."

"Pode mandar as perguntas que eu tô preparado pra responder somente a verdade. A minha vida é um livro aberto."

"Eu li bastante sobre você e vi que já trabalhou em vários lugares antes de ocupar uma cadeira na Câmara dos Vereadores. Conta pra gente qual foi a importância desses trabalhos na sua vida e o que essa experiência adquirida acrescenta no seu dia a dia de vereador."

"Ótima pergunta. Eu comecei a trabalhar cedo, Bob. Com catorze anos eu entregava quentinhas pelas ruas de Campo Grande. Lá, aprendi com o meu antigo patrão, o Ronaldo Mazola, a ter uma boa relação com o público."

"O nome do cara é Maola?"

"Não. Ronaldo Mazola, figura ilustre de Campo Grande. Um grande abraço pra você, Mazola, se estiver nos assistindo."

"Um abraço da nossa produção pra você, Marola. Aqui sempre tem alguém com uma marola, mas ainda não conhecemos ninguém com esse nome."

"Como eu tava dizendo, trabalhar com essas pessoas me ensinou a dar valor às coisas simples da vida, como a honestidade, por exemplo. Trabalhando como garçom, eu aprendi a importância de servir as pessoas com o melhor que tenho a oferecer. Quem não serve pra servir não serve pra viver. Acho que foi Jesus que disse isso, não tenho certeza."

"Foi Mahatma Gandhi."

"Então. Outro exemplo de pessoa a ser seguido. Temos muitos exemplos bons a seguir. Tem muita gente boa nos empregos que seguram a economia do nosso país. Já pensou como seria se o nosso povo pobre parasse por uma semana? Quem ia cuidar da portaria dos prédios? Rico nem sabe comer sozinho. Quem ia cuidar da segurança, da saúde e da moradia deles? Esses direitos são fundamentais pra vida do ser humano, a maioria de nós nem tem essas coisas, e os ricos só têm porque a gente tá lá todos os dias garantindo isso pra eles. Essa é a realidade."

"Profundo isso, Daniel. Quem pensava assim e agia dessa maneira era o Martin Luther King Jr. Ele é uma referência na sua luta também?"

"Sim. Eu tenho um sonho, assim como o irmão Martin tinha. Ele lutou contra um montão de coisas erradas e é o que eu tô tentando fazer. Guiar o nosso povo para uma vida melhor. Quando eu trabalhei no transporte alternativo eu pensava muito na importância do nosso trabalho de levar as pessoas até o trabalho delas. E quando a gente levava as pessoas, a gente tava servindo quem ia servir as outras pessoas, ajudando quem ajuda. E muita gente não tem noção disso e critica o transporte alternativo."

"Ajuda muita gente mesmo, ajuda inclusive a manter as milícias de pé. Como foi pra você fazer parte de um trabalho que financia os milicianos?"

"Acreditar que os motoristas das vans financiam as milícias é a mesma coisa que acreditar que a culpa do tráfico é sua porque você fuma maconha. A culpa não é nossa. A culpa é da ausência do Estado que devia garantir a segurança das pessoas. Devia garantir o direito de ir e vir. Sabemos que as drogas não nascem dentro das favelas. Alguém pôs elas lá, e esse alguém não tá com um chinelo de dedo e um radinho na mão."

"Então, Daniel, você tá dizendo que a milícia existe por causa do Estado?"

"Tudo de bom ou ruim que existe numa nação é culpa do Estado. É relacionado à ausência ou à presença dele. Não sou um perito em assunto de milícia e tráfico, mas sei o que você e a maioria da população sabem. Quem manda nos territórios não é o representante do Executivo. As áreas têm seus donos e suas próprias leis, que não foram criadas por uma comissão de gente engravatada. Essas leis foram criadas justamente porque o Estado não garante o que tem que garantir, então essas pessoas se organizaram da maneira delas. Isso não é só aqui no Brasil. Se você zapear com o controle remoto pelos streamings vai ver uma imensidão de filmes e séries sobre organizações criminosas que comandam grandes cidades do mundo. Nova York tem um dono, Londres tem donos, Paris, Roma... E os donos dessas regiões são os milicianos, os contrabandistas e os traficantes, assim como aqui no Rio de Janeiro. O problema não é exclusivamente nosso. Isso existe desde antes de Cristo. E é por isso que eu te digo que os motoristas das vans, assim como os maconheiros, não são os culpados pelo crime organizado."

"E como você acha que resolve esse problema da criminalidade no Brasil?"

"Não existe uma receita de bolo. Mas acredito em investimentos em educação, cultura e esporte como ferramentas para transformar a vida dos jovens. Resolver a questão do desemprego e aumentar as penas para quem comete crimes é um caminho. Temos que dar oportunidade para as pessoas ganharem o pão de cada dia sem precisar sujar as mãos com coisa errada. Precisamos muito resolver o problema da desigualdade social. Sei que não é do dia pra noite, mas precisamos começar a pensar nisso."

"E o que você já fez pra resolver isso na sua cidade? Você agora tá do lado do governo, é um parlamentar e tem poder para fazer alguma coisa. Conta pra gente o que você já fez para mudar esse cenário de violência e desemprego que assombra o Rio de Janeiro, além de ir a eventos e frequentar festas?"

"Como vereador eu ainda não consegui aprovar meus projetos, mas como presidente da Comissão de Habitação eu já cadastrei mais de duas mil pessoas no programa Aluguel Social. Pessoas com vulnerabilidade econômica que perderam a casa em enchentes, ou que moravam em terrenos irregulares e precisavam ser removidas."

"Mas o Aluguel Social é um programa provisório e não garante que essa pessoa vá conseguir arrumar um local para morar. Se ela nem tem onde morar, como conseguir emprego ou estudo para os filhos, se em qualquer lugar que a gente vai cadastrar algo todo mundo exige um comprovante de residência?"

"Também acredito que não resolva, mas dá um suporte pras pessoas se erguerem e batalharem pra conseguir vencer o problema. A gente usa as ferramentas que tem. Eu queria muito poder ajudar mais, só que, como vereador, o meu raio de atuação não é tão grande. O que eu posso fazer é fiscalizar, e foi fiscalizando e lutando ao lado das pessoas com problemas de moradia que eu consegui assumir a comissão, que vem fazendo um excelente trabalho."

"Saindo um pouco da política e voltando ao passado, conta pra gente o que aconteceu com a senhora das carnes?"

"Cara, aquilo ali foi uma coisa rotineira do trabalho. As pessoas esquecem as coisas o tempo todo. Eu mesmo sempre esqueço os meus guarda-chuvas quando saio de casa com um. Acontece toda vez. Quando o meu cobrador, o saudoso Deputado, achou as carnes, já era no final do expediente, umas nove da noite. Ou a gente comia ou ia estragar. Não é como um celular que você guarda na pochete e devolve sem pressa quando o dono ou a dona aparece. Carne é perecível. Me lembro até que o Deputado disse que se alguém aparecesse perguntando a gente ia comprar outra carne pra pessoa, mas como não apareceu, caiu no esquecimento."

"E assim na imprensa a coisa vem gigante, não é?"

"A notícia é forte. Imagina a quantidade de gente que nunca andou de Kombi lendo uma matéria dessas. Uma pessoa que não sabe nem como faz pra comida aparecer no prato. Sabe aquelas pessoas que só falam o que querem comer e na hora da refeição a comida tá lá, como num passe de mágica? Então, são essas pessoas que me odeiam."

"Por falar em odiar, tem outra pessoa que recentemente apareceu te acusando de ter roubado do filho dela e feito o garoto ir pra casa a pé. Conta pra gente, como foi que isso aconteceu?"

"Eu trabalhava numa casa de shows como garçom e, quando os shows não tinham mesas, a gente ficava dentro dos bares improvisados, fazendo venda direta. Havia alguns pontos montados pra desafogar os bares principais da casa. Ficava uma imensidão de gente querendo comprar bebida ao mesmo tempo, pra não perder nada do show. Você misturar álcool com multidão e fanatismo causa esquecimento, ou de repente a pessoa perde o dinheiro no caminho do bar até o meio do salão. Uma infinidade de coisas pode acontecer, mas é muito mais fácil acusar o trabalhador que tá ali para atender as pessoas, que se acham melhores do que você só por estarem do outro lado do balcão."

"Então você nega ter ficado com o troco do rapaz?"

"Eu me lembro que, às vezes, sobrava dinheiro no caixa. Teve uma vez que sobrou mais de cinco mil no bar de uns amigos, mas o pessoal da casa não dá esse dinheiro pros atendentes. Então eu não sou responsável pela caminhada do jovem, que graças a Deus chegou em casa bem. Cansado, mas vivo e com uma família querida esperando de braços abertos, um conforto que todo mundo merece, mas poucos têm."

"A mãe dele disse que foram mais de dez quilômetros de caminhada!"

"Uma caminhada dessas eu fazia quase todo fim de semana pra voltar do trabalho de madrugada por falta de ônibus. Vocês acham mesmo que eu me sujaria por causa de um troco de bebida? Sou honesto com muito orgulho, ser honesto não é qualidade, é obrigação. Quantas vezes vocês já ouviram essas palavras da minha boca?"

"E aquele cara que disse que trocou a Kombi dele pelo seu carro que era clonado? O sujeito tá dizendo que foi preso por sua causa. Como você passou um carro pra ele sem o documento de compra e venda? Você já sabia que o carro tava ruim e resolveu passar pra frente?"

"Esse senhor não me passou o documento da Kombi também, foi um acordo de homens!"

"Então os dois sabiam que os veículos estavam irregulares?"

"Não estou dizendo que..."

"Então você acha que andar com veículo irregular é honesto?"

"Não foi isso que eu disse, eu tava dizendo que confiei nele, assim como ele confiou em mim, a questão das irregularidades dos veículos estava sendo resolvida, mas não deu tempo. Inclusive, sou muito grato ao que esse senhor fez por mim, foi graças a essa Kombi que virei o Daniel Piloto."

"Mas, pelo que parece, você não fez nada por esse senhor, muito menos pelas outras pessoas que estão falando que foram prejudicadas por você. Responde pra gente, além da sua família que ganhou uma casa nova, quem mais se beneficiou do seu trabalho na política?"

"Essa resposta quem pode dar são os meus eleitores."

"Mas eles não estão aqui, inclusive ninguém aqui no estúdio votou ou vai votar em você se não for verdadeiro com a gente."

"Tá me chamando de falso?"

"Tem várias perguntas aqui do público, e a maioria é sobre se você vai disputar a eleição para presidente. O que você tem a dizer sobre isso?"

"Se eu te contar que não quero ser presidente desse país maravilhoso, estarei mentindo. Tenho vontade, sim, de ter mais ferramentas para ajudar o nosso povo. Se Deus e as pessoas quiserem que eu chegue lá, quem sou eu pra recusar. Mas no momento estou focado em cumprir o meu mandato da melhor forma possível."

"Seu público da internet é muito grande. Eles apoiam tudo o que você fala e faz, até as suas fake news. Mas tem uma pergunta aqui que me parece no mínimo curiosa, e quero que você responda pra gente. Tem uma pessoa aqui nos comentários do YouTube dizendo que é uma mulher trans e que teve um caso com você. Isso é verdade? Como foi esse relacionamento?"

"Tá me zoando? Isso que é uma fake news!"

"Você respondeu todas as perguntas na hora, mas essa você demorou pra responder. Ainda sobre esse assunto, ela se chama Janaína e disse que tem como provar o lance de vocês."

"Eu tenho uma namorada e sou bem convicto da minha sexualidade. Jamais ficaria com uma trans."

"Achei essa resposta meio preconceituosa. Tem uma foto dela aqui no Instagram, dá uma olhadinha pra ver se a sua memória refresca."

"Se essa mulher da foto for trans e eu fiquei realmente com ela, vou processar por propaganda enganosa. Ela se parece muito com uma mulher!"

"Mas quem falou que ela não é uma mulher? Ela é uma mulher sim, só que trans."

"Acho que essa entrevista foi parar num lugar que não é muito legal, a gente veio aqui pra falar da minha vida pública ou da minha vida pessoal?"

"Então você acaba de confirmar que a Janaína faz parte da sua vida pessoal?"

"Isso é você quem tá dizendo. Pra mim já deu, vou voltar pro meu trabalho que já perdi muito tempo aqui!"

"Então, já que o senhor vereador Daniel Piloto não tem as respostas que o povo quer, já faço aqui o convite pra Janaína vir ao nosso programa nos contar um pouco sobre o relacionamento dela com o nosso possível futuro presidente."

32

A pior coisa que aconteceu na vida política do Daniel foi ter aceitado participar daquele podcast. Por mais que a gente saiba que se relacionar com uma trans não é motivo pra abalar a conduta de uma pessoa, estamos falando de uma internet bitolada. A maior parte dos fãs do Piloto eram pessoas conservadoras e moralistas. Para piorar ainda mais a situação, a entrevista com Janaína no podcast teve uma repercussão enorme, bateu todos os recordes de audiência do programa. O povo brasileiro adora uma fofoca, e essa era das grandes.

Qualquer coisa que aparecia sobre o Daniel, os eleitores dele faziam piada. E a maioria continuava ali, fiel e fanática, como se ele fosse um mito, um salvador da pátria. Mas a única coisa que não tinha perdão pra essa gente era a tão proclamada masculinidade. Então, para eles, era imperdoável Daniel ter tido um relacionamento com uma mulher trans. Até a esquerda, que tem um discurso que apoia e respeita as pessoas LGBTQIAP+, se aproveitou da situação para enfraquecer o futuro candidato, ainda que Daniel já fosse carta fora do baralho, se ligou?

Daniel recebeu duras críticas de todos os lados. Política é tipo uma turma de quinta série da escola, se alguém cair na provocação com os apelidos aí é que pega mesmo, e não tem mais pra onde correr. Mas o Piloto teve pra onde correr. Ele já estava de saco cheio da política e queria a liberdade dele de volta. Postou uma foto com a bandeira do arco-íris no Instagram e disse que o mais importante é o respeito, que considerava justa toda forma de amor, mas ele queria mesmo era pôr uma pilha, tá ligado?

E foi então que a Ericka decidiu contar tudo.

Quando ele chegou aqui, todo mundo já sabia quem ele era. A gente assiste televisão e tinha uma porrada de jornalista na porta do presídio esperando, sem falar que a chegada do Daniel Piloto passou ao vivo. O comboio foi filmado por helicópteros e aqui dentro ficou o maior alvoroço. Nunca imaginei que ele fosse parar logo na minha cela. Do nada, o cara entrou enquanto eu ainda tava acompanhando as notícias pela TV. Tomei até um susto, tá ligado?

"Você parece maior na televisão, irmão!", falei só pra puxar assunto.

Ele me olhou, se apresentou e começou a fazer um monte de perguntas sobre a prisão. Acho que tinha assistido um bocado de filme sobre isso aqui. Mas a maior preocupação dele era se alguém iria tentar estuprá-lo.

"Tá maluco, cara? Essas paradas não acontecem assim, não. Aqui tem que ter uma disciplina. Você não pode desrespeitar um ser humano aqui, não!"

O engraçado foi que ele estava com tanto medo que não desgrudava a bunda da parede. Depois que ficou mais tranquilo, a gente conversou o dia todo. Aquele ali gosta de falar.

"Me desculpa a pergunta, é que sempre tive medo de parar aqui, por isso que eu sempre trabalhei a vida toda. Me lembro quando o meu pai foi preso pela Polícia Florestal, ele ficou só dois dias, mas foi aterrorizante. Nunca quis isso pra minha vida."

Expliquei pra ele que a única coisa que ia acontecer é que ele teria que usar um kit separado. Kit separado é uma parada que acontece até hoje em algumas casas de pedra. Se você já transou com algum homem lá fora, aqui dentro você usa as suas paradas separadas, tem o seu kit separado. O kit é toalha, talher, copo, chinelo e outras coisas de uso pessoal.

Aí eu expliquei pra ele como funciona a recepção dos presos aqui dentro: todo mundo que chega tem que passar por um interrogatório com o preso responsável pela casa de pedra. Tipo, se o cara tem alguma treta com alguém aqui de dentro, se matou parente de algum interno ou se já teve relação sexual com outro homem, mas como todo mundo já sabia do lance dele com a Janaína o kit dele já estava separado mesmo antes de ele chegar.

Até hoje eu não entendo por que tem essas paradas. Todo mundo sabe que aids não pega assim, mas quem é que vai mudar essa prática, que já existe faz mais de trinta anos na maioria dos presídios do Rio de Janeiro, né?

Foi aí que ele começou a me contar essas histórias que estou te contando. Estava muito revoltado com o prefeito e com a Ericka, pois ela era amiga dele, e de repente se aliou com o prefeito pra armar essa parada pra ele, tá ligado? Ele me contou que a Ericka tinha saído da cidade pra trabalhar com uma agência de marketing lá em São Paulo, e que apareceu justamente num momento muito difícil. Ela disse que aquilo tudo estava acontecendo depois da morte do Deputado, e que ela não poderia seguir na vida sem um amigo de verdade, e foi assim que ela começou a andar com ele, mas só quando a Mariana não estava por perto.

Daniel contou todos os esquemas que fazia, falou das rachadinhas, da grana que recebiam de algumas empresas pra aprovarem leis e que os outros vereadores não estavam mais pondo ele nas boas porque achavam que era falastrão demais.

A Ericka se ofereceu pra trabalhar com ele ajudando nessas questões dos esquemas. Começou a frequentar os bares com os assessores dos outros vereadores e aos poucos foi fazendo alianças, enquanto Daniel ficava na dele, sem postar e sem fazer besteira.

O prefeito começou os preparativos para a candidatura a governador, e Ericka foi chamada para ajudar na campanha. Daniel ficou meio com pé atrás, mas ela disse que ia ajudar a trazer recursos e que seria uma boa se o Piloto se candidatasse a deputado federal ou estadual.

Daniel tinha perdido os apoios e alguns privilégios, inclusive a casa em que a mãe dele estava morando teve que ser devolvida. Todo mundo achava que ele havia comprado, mas a verdade é que ela tinha sido emprestada pelo empresário dos aplicativos. Passaram então a morar de aluguel, mas o Piloto não queria nem podia baixar o padrão de vida e aceitou a parceria com o prefeito pra receber essa grana para a campanha e ajudar nas despesas mensais.

Ele ia tentar a vaga de deputado federal, já que a atuação é muito maior do que a de vereador. Ele sabia que presidente nunca ia ser, pois estava queimado com todo mundo, por isso seria preciso recomeçar como deputado e aos poucos ir limpando o seu nome no meio da política.

E foi assim que ele pegou a grana, achando que era pra se levantar, mas na verdade era uma armadilha criada pelo prefeito e com o apoio da Ericka, que se aproveitou da amizade deles e tramou com a polícia para o Piloto ser preso. Todo mundo assistiu à prisão. O cara foi ridicularizado em rede nacional. Aquilo foi um choque pra quem ainda acreditava em político honesto no Brasil.

Ericka convenceu o Piloto a pegar uma maleta com cinquenta mil reais, ela disse que não podia pegar a grana porque estava com um problema de saúde e que não confiava em mais ninguém. E ele caiu como um pato. Foi até o posto de gasolina e estava tudo sendo filmado pela polícia.

O dossiê já estava todo montado: escutas telefônicas falando com o pessoal da milícia, extratos bancários comprovando as devoluções de parte do salário dos funcionários do gabinete, que entravam na conta dele todos os meses, e mais a gravação recebendo a maleta de dinheiro sem saber explicar de onde era a grana.

Ele tinha perdido a confiança de geral na política, mas parte da população não se importava com as provas mostradas na TV. Tinha muita gente que continuava gostando do Daniel no país todo, tanto que ele ainda conseguia aparecer em programas de televisão e sair nos jornais antes de ser preso.

Daniel estava muito revoltado, porque Mariana tinha ido na delegacia antes de ele vir pra cá e mandou um papo reto, falando que não nasceu pra ser mulher de bandido e que não ia ficar visitando ele aqui. Muitas mulheres abandonam os caras aqui dentro, algumas até tentam, mas se o maluco não tiver condições de manter o padrão da mulher lá fora, fica difícil. Sempre aparece um malandro na pista querendo se aproveitar da situação de fragilidade.

O seu Ricardo, que o Piloto falava tão bem da relação deles coisa e tal, nunca deu as caras por aqui. Só dona Dorinha que vinha direto, sempre trazia umas comidinhas gostosas e o Piloto toda vez dividia com a gente.

O prefeito conseguiu virar governador, e a Ericka virou assessora dele para assuntos especiais. Com isso, Daniel foi enterrado politicamente. Nesse tempo que ficou preso caiu no esquecimento, e hoje ninguém mais se lembra do homem mais honesto do Brasil.

Fiquei sabendo que o Daniel estava trabalhando de Uber nos últimos tempos. De repente você pode encontrar com ele numa das corridas que fizer pela cidade. Assim como a gente sempre encontra motorista de aplicativo que conta que é engenheiro, professor, ex-empresário e tudo o mais, se tiver um pouquinho de sorte você pode ser conduzido pelo Daniel Piloto.

Só não esquece de conferir o troco, tá ligado?

ESTA OBRA FOI COMPOSTA PELA ABREU'S SYSTEM EM ADOBE GARAMOND
E IMPRESSA EM OFSETE PELA GRÁFICA BARTIRA SOBRE PAPEL PÓLEN BOLD
DA SUZANO S.A. PARA A EDITORA SCHWARCZ EM MAIO DE 2025

A marca FSC® é a garantia de que a madeira utilizada na fabricação do papel deste livro provém de florestas que foram gerenciadas de maneira ambientalmente correta, socialmente justa e economicamente viável, além de outras fontes de origem controlada.